세계 방방곡곡 여행 일기

마스다 미리 에세이 · 이소담 옮김

북포레스트

시작하며

1987년부터 2019년까지 다녀온
세계여행을 되돌아보았습니다.
폴란드에서 먹은 최고로 맛있는 발효 수프.
타이완에서 먹은 꽃향기 물씬 나는 따끈따끈 경단.
벨기에에서는 벨기에 와플과 양동이 한가득 홍합.
혀끝으로 세계의 맛을 느끼며 방방곡곡
추억여행을 다녀왔습니다.

마스다 미리

차례

이탈리아
Italy

트레비 분수에 던진 동전의 행방

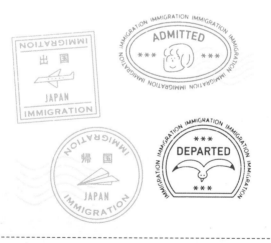

처음 갔던 해외여행은 이탈리아였다. 1987년. 미술학교에서 간 연수여행이었으니까 하여간 엄청난 인원.

관광버스를 타고 여기저기 명소를 돌아봤을 텐데 기억이 어렴풋하게만 남은 곳이 많다. 심지어 피사의 사탑은 "진짜로 기울어졌네"라고 옆에 있는 친구에게 눈에 보인 그대로의 감상을 말한 기억만 있을 뿐이다.

자, 이탈리아 관광은 로마에서 시작.

가톨릭교회의 총본산 산피에트로 대성당 앞의 산피에트로 광장에. 30만 명을 수용할 정도로 넓다고 한다.

둥근기둥 284개가 광장을 에워싸듯이 나란하게 섰고, 광장 중심에는 석상 기념비인 오벨리스크가 우뚝했다. 모든 것이 너무도 거대해서 어디에서 찍어야 베스트 샷인지 모를 지경. 디지털카메라가 없던 시절이었으니 무턱대고 셔터를 누를 수도 없어서 골치 아프게 고민하며 사진을 찍었다.

피사 대성당의 종루. 1173년 건설 직후부터 기울기 시작했다고 한다.

바티칸시국의 중심인 산피에트로 대성당도 견학했(던 것 같)다. 여행하며 적은 일기를 찾아보니 '조각이 아름답다' '눈물이 날 정도로 감동적'이었다고 한다. 최근에 산 가이드북 『루루부 이탈리아 21』에 실린 사진으로 다시 보니 과연 진짜다. 근사하고 아름답네.

　감동해서 가이드북을 지그시 들여다보았다.

　카타콤은 고대의 공동 지하 묘지다. 산칼리스토 카타콤, 산세바스티아노의 카타콤, 도미틸라의 카타콤이 유명하다. 내가 어느 카타콤에 갔는지는 기억나지 않지만 아무튼 다녀왔다. 왜냐하면 '카타콤은 꼭 지하 도시 같았다. 두근거렸다'라고 일기에 적혀 있으니까.

　폼페이도 방문했다. 고대 로마의 상업 도시로 크게 번영한 폼페이는 화산 분화로 잿더미에 뒤덮여 소멸한 도시이다. 세월이 흐른 뒤 발굴됐고, 고대 폼페이 도시 전체가 세계문화유산으로 등록되어 관광명소가 됐다.

　상상했던 것보다 도시 풍경이 남아 있었다. 여행 가이드의 설명을 들으며, 흙 밑에서 잘도 이런 걸 발굴했다고 감탄하면서 둘러보았다.

　"네, 여기가 공중목욕탕이었던 곳입니다."

　"여기는 시장이었어요. 여기는 빵집이었죠."

마치 타임머신을 타고 과거를 보고 온 것 같은 당당한 설명에 '사실은 빵집이 아니었을지도 모르지~'라고 생각하면서도 고개를 끄덕이며 설명을 들었다.

하룻밤 사이에 사라진 도시 폼페이. 바로 그날 밤 출장으로 멀리 떠난 사람은 외톨이가 됐을까. 아니면 출장지까지 화산재가 덮쳐왔을까.

콜로세움, 스페인 광장, 폼페이 유적, 나폴리 등을 관광하고 우리 일행은 피렌체로. 우피치 미술관에서 보티첼리의 「비너스의 탄생」을 봤(던 것 같)다. 이 여행에서 명화와 조각을 많이 봤을 텐데, 유일하게 또렷이 기억하는 건 광장에 있던 다비드상의 등신대 복제품이다. 아직 어른 남자의 다리 사이를 본 적 없었던 당시 열여덟 살의 나는 눈을 어디에 둬야 하나 곤란했는데 그래도 똑똑히 봤다.

영화 〈로마의 휴일〉의 앤 공주는 방문한 도시 중에서 가장 마음에 든 곳이 어디냐는 기자의 질문에 "로마예요"라고 대답한다. 여기저기 구경하며 다닌 이탈리아지만 나도 로마 거리에서 보낸 자유시간이 제일 기억에 남았다.

길을 걸으면 "혼다!" "가와사키!"라고 사람들이 말을 걸고, 나도 웃으며 손을 흔들었다. 일본이면 곧 혼다나 가와사키의 오토바이. 그런 시대였나보다.

친구 셋이서 점심으로 파스타를 먹었다.

카운터 자리가 10석 정도인 작은 가게였다. 토마토 파스타를 주문하자 바슬바슬한 토마토 소스를 쓴 파스타가 눈 깜짝할 사이에 나왔다.

우리 말고 다른 손님은 없었고, 점원인 젊은 남자가 말을 걸었다.

대화라지만, 서로 영어를 잘 못하니까 손짓과 발짓.

내 이름을 일본어로 써줘.

종이와 펜을 가지고 와 그가 부탁했다.

모처럼이니까 한자로 써주자!

우리는 머리를 맞대고 이러쿵저러쿵 상의하며 그의 이름을 한자로 적어 건네주었다.

참 신기한 체험이었다.

다른 사람에게 이름을 선물한 건 처음이었다. 물론 그에게는 이탈리아 이름이 원래 있지만, 한자 이름은 우리가 담당했다는 기쁨을 느꼈다.

적당히 발음에 맞춘 한자는 쓰기 싫었고, 최대한 좋은 의미를 담은 한자를 고르고 싶었다. 두 번 다시 만나지 못할 걸 알지만 그래도 괜찮다. 한자 하나하나가 지닌 힘으로 그의 인생을 지켜주고 싶은 그런 마음이었다. 답례로 그 사람도 우리 이름을 이탈리아어로 적어주었다.

　트레비 분수에서 동전을 던졌다.

　동전을 하나 던지면 다시 로마에 올 수 있다. 두 개 던지면 사랑이 이루어진다. 세 개 던지면 헤어지고 싶은 사람과 헤어진다. 아마 이런 이야기였을 것이다. 나도 돌아서서 동전을 던졌다. 분수에 꼭 넣고 싶어서 인파를 헤치고 접근해 제법 가까운 거리에서 던졌다.

　"몇 개 던졌어?"

　친구가 물어서 "한 개"라고 대답했다.

　사실은 두 개였다. 그때 나는 사랑에 빠졌었다.

　정말 정말 미칠 듯이 좋아했는데 나를 봐주지 않았다.

　트레비 분수를 믿고 맡길 수밖에!

　내 동전은 분수에 들어갔다(그랬을 거라 생각한다). 그래서 여행 내내 조금 들떠 있었다.

　일본에 돌아가면 갑자기 고백받을지도 몰라.

　하지만 사랑은 이루어지지 않았다. 그래도 머뭇거리지 않고 두 개를 던진 그때의 내가 지금 나는 눈부시다.

　사랑이란 참 좋구나.

　그 후로 긴~긴 세월이 흘렀다. 로마의 파스타 가게 남자애도, 당시 짝사랑하던 남자애도 이제는 나처럼 어엿한 중년이다. 그들의 행복을 빌어줄 의리는 없지만, 둘 중 하나를 고른다면 이탈리아의 그 남자애가 행복하기를 빌고 싶다. 나는 한자 이름을 지어준 사람이니까.

2

·············

벨기에
Belgium

벨기에 와플과 휘핑크림

일본에서 벨기에 와플이 소소하게 유행했던 시절, 벨기에에 와플을 먹으러 갔다.

당시 친구의 친구가 프랑스에 살고 있었다.

"잘됐네, 집에서 재워달라고 하자!"

이렇게 둘이서 들이닥쳤고, 그때 다 같이 어울려서 벨기에 관광을 갔다.

친구의 친구란 일본에서 유학하러 온 남자애로 프랑스 북부, 벨기에 국경과 가까운 릴이라는 도시에 살고 있었다.

당시 사진을 찾았다. 1999년이라고 적혀 있었다.

역 앞에서 찍은 사진이었다. 내 뒤에 찍힌 것은 유로스타. 일본으로 말하면 신칸센 같은 고속열차이다.

그런데 이걸 탄 기억은 전혀 없다. 이렇게 멋진 열차인데 왜지.

수도 브뤼셀의 한 카페에서 벨기에 와플을 먹는 사진도 있었다.

와플에 휘핑크림이 대량으로 올라갔다. 이 휘핑크림은 스프레이 캔 같은 걸로 푸슈슛 짠 것이었다. 내가 앉은 자리에서 주방이 보였는데, 직원 한 명이 푸슈슛 짜서 쌓는 모습이 인상적이었다.

유로스타는 잊어버렸는데 휘핑크림은 기억한다. 사람의 기억이란 참 신기하다.

브뤼셀이라면 누가 뭐래도 세계에서 가장 아름다운 광장이라고 하는 '그랑 플라스'다. 사방을 성이 둘러싼 광장이라고 표현하면 좋을까.

한 자리에 아름다운 건물을 이렇게 많이 집결시키다니 아깝다는 생각이 들었다. 여기저기 나눠서 다른 곳에 세우면 관광명소가 늘어나잖아!

이런 생각이 무심코 들 정도로 멋진 광장이다.

존재감이 가장 대단했던 건 높은 탑 위에서 금빛 수호천사가 반짝이는 시청사. 수많은 관광객이 몸을 뒤로 젖혀가며 사진을 찍었다.

광장의 노천카페에서 차를 마신 뒤, 우리는 오줌싸개 동상을 보러갔다. 말 그대로 방뇨하는 소년 동상이다. 관광명소이긴 한데, '세계 3대 실망스러운 곳' 중 하나라나 뭐라나. 참고로 다른 두 곳은 덴마크 인어공주 동상과 싱가포르의 머라이언이라고 한다.

나는 전부 다 봤는데 딱히 실망할 이유가 없었다. 땅에서 저절로 솟아난 게 아니라 전부 사람 손으로 만든 것이다. 점토로 똑같이 만들어보라고 해도 간단히 만들 수 있는 게 아니다.

오줌싸개 동상은 확실히 소화기 정도로 크기가 작았고, 골목 모퉁이 같은 곳에 있었다.

그런데 오줌싸개 동상이 너무 박력 넘쳐도 좀 그렇지 않나?

알고 보니 이 오줌싸개 동상은 옷을 많이 가진 옷 부자라고 한다. 전 세계에서 오줌싸개를 위해 옷을 선물한다. 평소에는 알몸인데 옷을 입는 일정표가 근처에 붙어 있다고 한다. 참고로 이 아이, 일본 갑주도 갖고 있다. '오줌싸개 동상 의상 뮤지엄'이라는 박물관이 있는데, 2017년에 오픈이어서 이때는 갈 수 없었지만 꼭 보러가고 싶다.

그렇다, 나는 한 번 더 벨기에에 가고 싶다.

그래서 최신판 가이드북 『aruco 벨기에 2020~21』을 샀는데, 이거야 원 무슨 일이 있어도 가야겠다.

고디바, 비타메르, 피에르 마르코리니. 깜박했는데 벨기에는 유명 초콜릿 전문점의 본산이다.

가이드북에 초콜릿 마니아를 위한 '초콜릿 덕후의 1일 플랜'이 실려 있었다. 아침은 초콜릿 가게 2층에서 핫초콜릿과 초콜릿빵. 다음으로 초콜릿 가게가 밀집한 그랑 사블롱 광장에서 초콜릿을 사고 초콜릿의 역사를 배우고, 점심은 초콜릿 와플. 마지막은 비어 카페에 들러 초콜릿 맥주로 건배. 여행을 왔으니까. 이 정도쯤 흥분해도 괜찮지. 초콜릿 이야기를 계속하자면, 가이드북에 벨기에 제2의 도시 앤트워프의 초콜릿 가게도 실려 있었다. '네로'라는 가게인데 눈물 흘리며 봤던 세계 명작극장 애니메이션 〈플란다스의 개〉의 주인공 이름이다. 그 이야기의 무대가 벨기에인 줄 몰랐다. 소년 네로가 사랑한 루벤스의 그림은 앤트워프의 노트르담 대성당에서 볼 수 있고, 그 앞 광장에 초콜릿 가게 '네로'가 있다. 네로와 파트라슈(네로가 키우던 개)의 일러스트가 찍힌 초콜릿이나 맥주를 사진과 함께 소개했고, 가게 여성이 "교외 아틀리에에서 직접 만들어요"라는 말풍선과 함께 웃고 있었다. 언젠가 꼭 가고 싶어서 진지하게 읽었다.

자, 다시 본론으로 돌아와서, 우리는 오줌싸개 동상을 본 다음 벨기에 명물인 홍합찜을 먹으러 갔다. 껍데기를 집게 삼아서 조갯살을 먹는 게 요령이래서 조개껍데기 집게로 냄비 한가득 담긴 홍합을 깔끔하게 먹어 치웠다.

벨기에는 반나절만 관광하고 당일 바로 프랑스에 돌아온 줄 알았다. 그런데 가이드북을 읽다 보니 기억이 되살아났다.

아니었다. 우리는 벨기에에서 하루 묵었다. 브뤼셀에서 열차를 타고 브뤼헤라는 도시에 갔었잖아.

브뤼헤에 도착한 건 밤이었다. 밤길을 걸어 예약한 작은 호텔에 도착했다. 현관은 이미 닫혀 있어서 옆의 통로를 지나 안으로 들어가 프런트를 찾았다. 1층 방을 안내받았다. 짐을 두고 일단 저녁밥을 먹으러 밖으로 나왔다. 길거리는 사람 하나 없이 고요했다. 걷다 보니 100미터쯤 앞에 불빛이 보였다. 자그마한 가게였다. 셋이서 카운터에 나란히 앉아 뭔가를 먹었다. 이국적인 요리였던 것 같다.

즐겁다. 나는 그날 밤 분명 그렇게 느꼈다. 해가 저문 뒤에 도착한 모르는 도시. 적당하게 예약한 저가 호텔. 누가 봐도 우리는 미래가 창창한 청년이고 그렇게 보이는 게 너무도 자랑스러웠다.

다음 날 아침, 호텔에서 아침을 먹고 체크아웃을 마친 뒤 관광에 나섰다. 벽돌로 지은 아기자기한 거리 풍경. 운

의외로 옷 부자인 오줌싸개 동상. 이름은 줄리앙이다.
이벤트 때는 맥주가 나온다고 한다.

브뤼헤에서 묵었던
호텔의 노란 간판.

크림 듬뿍
갓 구운 와플

하가 있었다. 강변을 "아우, 추워"라고 종알대며 산책했고, 브뤼헤는 섬세한 레이스 뜨개가 유명하다고 해서 레이스를 파는 가게를 구경했다.

최신 가이드북에는 운하 크루즈나 맥주 양조장 견학, 세련된 카페나 잡화점이 실려 있었다. 한적한 도시라는 당시 인상과는 꽤 달랐다. 이건 또 이것대로 재미있을 것 같아서 역시 벨기에에 또 가고 싶은 마음이 무럭무럭.

벨기에에서 1박 2일.

프랑스로 돌아오는 유로스타 창 너머로 나는 어떤 풍경을 봤을까.

친구의 친구였던 남자애는 디자이너가 되려고 프랑스에 공부하러 왔다. 나는 막 일을 시작한 새내기 일러스트레이터였다.

레일 저 앞에는 뭐가 기다릴까?

흔들리는 열차 안, 단 한 번뿐인 인생을 생각했을지도 모른다.

3

프랑스
France

파리에서 오페라를

10대, 20대, 30대, 40대.

지금까지 프랑스에는 총 네 번 여행을 다녀왔고, 그중 세 번은 한겨울. 40대 때만 봄이었다.

1987년(18세)

연말. 학교 단체여행으로 처음 방문한 프랑스는 사방이 크리스마스 분위기. 노트르담 대성당, 콩코르드 광장, 에펠탑, 베르사유 궁전, 몽마르트르, 루브르 미술관. 관광명소를 쭉 돌아보았다.

루브르 미술관의 「모나리자」에 놀랐다.

"저쪽에 모나리자가 있어요."

인솔 가이드가 가리킨 곳에 있던 레오나르도 다빈치의 「모나리자」.

이게 바로 그?

상상보다 훨씬 작았다. A4 용지 크기로 보이는 그림 주변에 사람들이 바글바글 모였다.

나중에 알고 보니 「모나리자」의 크기는 세로 77센티미터에 가로 53센티미터. 작긴 해도 A4 용지보다는 훨씬 크다. 루브르 박물관이 워낙 넓어서 감각이 이상해졌나보다. 세계의 보물을 앞에 두고 '무지 조그마하네' 같은 감상만 품었다니 후회막급이다.

드디어 자유시간. 불빛이 반짝이는 파리 밤거리를 친구 셋과 걸었다. 모처럼 온 여행이니까 샹젤리제 거리의 레스토랑에 들어갔다.

메뉴를 펼쳤는데 전혀 모르겠다.

"이거랑 이거랑 이거, 실부플레(부탁합니다)."

메뉴를 대충 가리켜 주문했다.

뭐가 나올까?

뭔지도 모르고 주문한 게 재미있어서 자꾸만 키득거렸던 우리. 뭘 먹었는지 기억이 흐릿하지만, 뭔가를 기다리던 그 두근거림은 여전히 남아 있다.

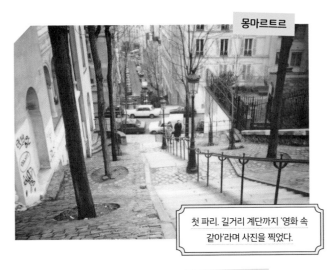

몽마르트르

첫 파리. 길거리 계단까지 '영화 속
같아'라며 사진을 찍었다.

샤르트르 대성당

저게
그 모나리자구나.

1997년 (28세)

첫 프랑스 여행으로부터 10년 후, 여자 친구 셋이서 떠난 프랑스 여행. 건축물을 좋아하는 한 친구가 르코르뷔지에가 설계한 '롱샹 성당(노트르담 뒤 오)'을 보고 싶다고 해서 그렇다면 가보자고 파리에서 열차를 탔다.

롱샹은 스위스에 가까운 프랑스 동부. 사진 속 우리는 목도리와 장갑으로 무장했다. 여비를 아끼려고 비수기에 갔는데, 속눈썹이 얼어붙을 정도로 추웠다.

롱샹 성당을 본 충격은 아직도 잊지 못한다. 안개가 자욱하게 낀 가운데 거대 버섯 같은 건물이 나타났다.

"뭔가 대단하다!"

건물에 다가갔는데, 가까이 가면 갈수록 원근감이 이상해졌다.

콘크리트 벽에 사이즈가 제각각인 창문. 소의 코처럼 보이는 빗물받이, 지붕에 솟구친 어묵 같은 돌출물.

이렇게 자유분방한 건물은 한 번도 본 적 없었다.

성당 내부로 들어갈 수 있었는데 안은 천장까지 뻥 뚫렸고 긴 의자가 놓여 있었다.

밖에서 볼 때는 몰랐는데 창문이 스테인드글라스였다.

살짝 날이 흐렸는데 스테인드글라스의 컬러풀한 빛이 성당 안에 내리쬐어 벽 일면이 마치 화가 미로의 그림처럼 아름다웠다.

"멋지다. 설계도만 보고 이렇게 아름답게 만들어질 걸 어떻게 알았지?"

건축가의 일솜씨에 감탄하는 동시에 다 같이 고개를 갸우뚱했다.

르코르뷔지에가 머릿속으로 상상한 건물 안에 지금 우리가 있다. 왠지 모르게 유쾌했다.

어린 시절, 팝업 그림책이 집에 있었다. 페이지를 넘길 때마다 일어서는 3차원 세계. 그림에 없는데도 숲속 나무 안쪽에 숨은 동물들의 기척을 느낄 수 있었다. 나는 이야기 속 등장인물이 되어 팝업 그림책 안을 돌아다녔다. 롱샹 성당은 그런 기억과 이어지는 건물이었다.

르코르뷔지에가 누군지 예비지식 전혀 없이 본 유명한 건축물. 친구가 가보고 싶다고 해서 무작정 간 여행인데 가보고 깜짝 놀랐다. 공들인 세부 요소 같은 건 전부 놓쳤겠지만, 지금 세상은 스마트폰 하나만 있으면 찾아볼 수 있다. 그러니까 그때 '왠지 예쁘다'라는 단순한 감상만 가슴에 품고 돌아오는 것도 의외로 좋은 경험이었는지도 모른다.

롱샹 성당

성당 내부

버섯?

거대한 버섯 같아!
개미가 된 기분으로 올려다봤다.

오베르 교회

고흐가 그린 위치에서 사진을 찍었다.

조금 멋을 내고
오페라에

팔레 가르니에의 샤갈

이 여행에서는 르코르뷔지에의 또 다른 대표작인 '라투레트 수도원'에도 다녀왔다. '빛의 대포'라고 불리는 예배당. 천장의 둥근 창에서 빛이 쏟아졌다. 빨갛고 노란 비비드한 벽과 문.

역에서 한참 걸었다. 도중에 소가 있어서 사진을 찍었다. 기억은 드문드문 끊겼지만 그 전부가 다 아름다웠다.

몇 년 후, '라투레트 수도원'에 가봤다는 사람과 만났다.

"두드리면 도레미 음계가 나는 창유리, 진짜 멋지죠!"

흥분해서 말했는데 그런 창은 모르겠다는 소리를 들었다. 어라? 없었나?

그러고 보니 창을 두드리는 사진이 한 장도 없다.

르코르뷔지에 이외에는 고흐. 파리에서 1시간 걸리는 오베르에 고흐가 그렸다는 교회를 보러갔다.

날이 흐렸다. 묵직한 느낌인 하늘 아래 서 있는 그것은 실로 고흐가 그린 '오베르 교회' 그 자체.

고흐가 이 위치에서 그렸다는 안내판이 친절하게 세워져 있었다. 당연히 같은 각도에서 사진을 찍었다. '오베르 교회'는 고흐가 스스로 생을 마감하기 얼마 전에 그린 작품으로, 근처 묘지에는 고흐와 남동생 테오의 무덤이 있었다.

1999년(30세)

'팔레 가르니에'에서 오페라를 봤다.

파리에 있는 두 곳의 국립 오페라 극장은 팔레 가르니에와 오페라 바스티유. 역사가 더 긴 곳은 팔레 가르니에로 완공이 1875년. 샤갈의 아름다운 천장화로 유명하다.

여자 친구와 둘이서 간 여행. 파리에서 오페라를 보고 싶었다! 잔뜩 들떴으나 어쨌거나 오페라 자체가 첫 경험이다. 작품에 관해 전혀 모르니까 일본 여행사에 "뭐든 좋으니까 잡을 수 있는 걸로 구해주세요"라고 부탁했다. 예약한 것은 모차르트가 1790년에 작곡한 '코지 판 투테(여자는 모두 이런 것)'이었다. 가는 비행기에서 희곡 내용을 예습했고, 당일 작은 파티 백을 손에 들고 갔다.

일본에서 입수한 티켓은 교환권이어서 팔레 가르니에의 매표소에서 정산하기로 되어 있었다. 길을 잃어 개연 시간 아슬아슬하게 도착한 탓인지 매표소 직원이 자리가 이미 없다고 했다. 모처럼 드레스도 차려입었는데……. 넋이 나간 우리가 안타까웠는지 직원이 "저 사람한테 물어볼래요?"라며 출입구 근처에 선 인물을 알려주었다. 그쪽을 보니 코트를 입고 야무진 표정으로 벽에 기댄 남성이 있었다. 엥? 누군데? 뭐가 뭔지 모르겠지만 가볼 수밖에. 오늘 밤에 상영하는 '코지 판 투테'를 보고 싶다고 하자, 티켓을 팔아주겠다고 했다. 어? 당신 진짜로 누군데? 원래 우리가 낼 예정이었던 금액이면 된다고 해서 팁도 주고 고맙다고 하고 헤어졌다. 내심 '이거 얄짤없이 사기 아닐까……'였다.

직원에게 티켓을 보여주자 들여보내 주었다. 의심해서 미안합니다. 코트 남성에게 속으로 사과했다.

팔레 가르니에는 꼭 왕자님이 사는 궁전 같았다. 높고 광활하게 뻥 뚫린 공간과 거대한 계단. 신데렐라가 유리구두를 떨어뜨리기 딱 좋은 곳이다. 감동하면서 관객석에 들어갔다. 짠, 나왔네요, 천장의 샤갈. 샹들리에 주변을 빙그르르 둘러싸고 그려진 환상적인 그림이었다.

자리는 어디쯤일까? 직원이 안내해줘서 따라갔다.

뭔가 이상한데. 자꾸자꾸 앞으로 돌진하는 게 아닌가. 도착한 곳은 구석으로 살짝 치우쳤으나 무대가 잘 보이는 고급스러워 보이는 자리. 이런 자리에 앉아도 괜찮습니까? 그런데 의자 상태가 주위와 달랐다. 보아하니 보조석인가 보다. 그래도 그런 건 이제 아무래도 좋았다. 파리에서 오페라를 볼 수 있잖아.

'코지 판 투테'. 비행기에서 예습한 보람 있게 말을 알아듣지 못해도 내용을 이해했다. 두 남자에게는 각각 연인이 있다. 자기 연인이 바람을 피우는지 안 피우는지 내기하기로 하고 남자들은 변장해서 서로의 연인을 유혹한다는 이야기였다. 의상도 세트도 아름다웠고 당연히 노래도 아름다웠다.

인터벌 때 바 코너에 샴페인을 마시러 갔다. 드레스를 입은 사람도 있었고 가벼운 청바지 차림인 사람도 있었다. 어떻게 입어도 좋은 분위기였다. 그래도 뭐가 뭔지 아무것도 모르는 사람은 격식 차린 복장으로 가는 편이 친절한 대우를 받을 것이다. 그날 밤, 바깥 세계에서 배운 지식이다.

2013년(44세)

몽생미셸에 가는 패키지 투어에 혼자 참가한 여행이었다. 루아르 고성古城 관광도 포함된 투어였다. 10대 때 갔던 여행에도 '루아르 고성 관광'이 있었는데, 두 번 다 버스를 타고 커다란 건물을 보러갔었다는 어렴풋한 인상이었다. 나는 아무래도 파리 슈퍼마켓을 어슬렁거리는 쪽이 더 즐거운가보다.

몽생미셸은 모래땅에 있는 작은 섬이다. 주위 약 1킬로미터, 높이 약 80미터. 가기 전에는 성인 줄 알았는데 수도원이었다.

왕의 문을 지나 안으로 들어가면 바로 메인스트리트. 기념품 가게나 레스토랑이 즐비하다.

수도원은 섬의 제일 높은 곳에 있어서 가이드의 설명을 이어폰으로 들으며 올라갔다. 3층 구조인 수도원. 고딕 양식의 아름다운 회랑 등이 명소인데, 몽생미셸에서 멀리 바라보는 개펄 풍경도 멋지다. 개펄은 들새들의 휴식처이자 밥 먹는 곳이다. 플라밍고도 온다고 한다.

자유시간에 섬을 혼자 돌아다녔다. 일본은 꽃가루 알레르기 시즌이지만 몽생미셸에는 당연히 삼나무 꽃가루가 없으니까 과감하게 심호흡했다. 기념품으로는 게랑드 소금, 버터 쿠키, 사과 술 시드르 등이 인기인데, 전부 다 '칼디 커피 팜(전 세계의 각종 먹거리를 판매하는 가게. 커피가 메인 상품이다 – 옮긴이)'에서도 구할 수 있겠지만 당연히 안 사고는 못 배겼다.

몽생미셸

여행 중에
시작한 내게 주는
간식 선물

맛있다.

계단이 많아서 좋은 운동이 된다.

몽생미셸 기념품

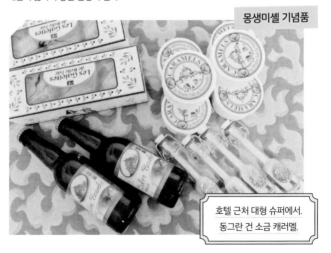

호텔 근처 대형 슈퍼에서.
동그란 건 소금 캐러멜.

4

하와이
Hawaii

'불편한 사건'과 차가운 콜라

아직 회사에 다니던 시절, 유급휴가를 받아 여자 친구와 하와이에 갔다. 거품경제가 끝나고 조금 지났을 시절인데 해외여행 유행은 그렇게까지 가라앉진 않았던 걸로 기억한다. "나도 어디든 가야해." 매년 쫓기는 기분으로 해외에 나갔다. 그러나 당시 내 월급은 실수령액 12~13만 엔 정도. 본가에서 살았으니까 그럴 수 있었겠지.

　아무튼 첫 하와이 여행.
　나는 하와이를 즐기는 방법을 전혀 몰랐다. 여행에 다녀온 뒤, 하와이 여행 경험자들이 입을 모아 묻는 것은 "어디에 묵었어?"였다.
　그렇군, 하와이 여행은 호텔 선정이 중요했구나.
　하긴 모처럼 휴양지에 가는 거다. 호텔 방에서 아름다운 바다를 구경하고 느긋하게 시간을 즐기는 것은 하와이이기에 가능하다.

그러나 내가 묵은 곳은 현지에서 자유롭게 여행하는 저가 투어에 포함된 호텔로 방에서 보이는 건 바다가 아니라 옆 호텔의 벽뿐이었다.

투어에 반나절 함께 관광하는 일정이 있었다. 일본인 열 명쯤이 탄 마이크로버스로 어디를 둘러봤는지는 잊어버렸으나 '불편한 사건'은 기억한다.

관광명소에 도착해 잠깐 자유시간을 보내고 왔을 때였다.

가이드가 말한 시간을 지켜 버스에 돌아왔는데, 웬 남성의 호통이 날아왔다.

"거기, 뭐 하는 거야! 늦었잖아!"

나와 친구 이외에 다른 사람들은 이미 버스에 돌아와 있었다.

어떡해, 시간을 잘못 봤나?

일단 사과하고 버스에 탔다.

그런데 이번에는 아까와 다른 남성의 목소리가 버스 안에 울렸다.

"무슨 말을 그렇게 해! 저 애들, 시간에 딱 맞춰서 돌아왔잖아."

예상치 못한 원군이었다.

다행이다, 시간을 착각한 게 아니었어……

그러나 좁은 버스 안이 찬물이라도 뿌린 듯 조용해졌다. 즐거워야 할 관광이 돌변해서 암울~한 분위기가 됐다.

그건 그렇고 갑자기 호통을 치는 건 뭐람. "늦었어, 주의해야지." 그냥 이렇게 담담하게 말하면 될 것을. 게다가 우리는 늦은 것도 아니었다.

나와 친구는 그 후로 자유시간을 보낼 때마다 제일 먼저 버스로 돌아와 가면이라도 쓴 표정으로 자리에 앉아 모두를 기다리는 반격에 나섰다. 버스 안에서는 일절 입도 벙긋하지 않았다. 그저 앞을 보고 묵언수행. 20대인 우리가 부모님 연배인 그 남자에게 대항할 수단이 달리 생각나지 않았다. 그게 무슨 효과가 있었을지는 알 수 없으나……

우울한 반나절 관광이 끝났다. 원군으로 나서준 사람에게 고맙다고 말하고 헤어졌다.

마음을 추스르고 낮에는 해변에서 바닷물에 들어가거나 ABC마트를 구경했다.

그러고 보니 그것도 했다.

그게 뭔지 생각이 안 나서 지금 스마트폰으로 키워드 검색을 해봤다.

'배 위에서 연처럼 날아가는 거.'

나왔다.

하와이에서

기념
으로.

하와이
쇼핑몰에서
초상화를
그려달라고
했다.

하
하
하

기미까지
자세하게
그려주었다.

패러세일링이다.

일본 여행사에 패러세일링 체험 투어를 신청해뒀다.

당일, 호텔까지 담당자가 데리러 왔다. 바다로 가서 배를 탔다. 등에 낙하산을 장착하자 모터보트가 당겨줬다.

연처럼 하늘로 쑥쑥 올라갔다. 바다가 보였다. 오로지 바다만 보였다. 즐거운 경험이었다. 그러나 그 후에 먹은 채소의 충격이 훨씬 강렬했다.

패러세일링 체험 후, 투어 회사 사람이 점심을 먹자고 했다. 일본계 젊은 남성이었는데, 회사 차가 아니라 자기 오픈카에 태워주겠다고 했다.

오픈카에 타본 적 없었고 오픈카를 잘 알지도 못하는데, 아주 크고 새빨간 오픈카가 나타났다.

"우아, 영화에 나오는 그거다."

뒷좌석에 앉자 차가 출발했다.

습기 없는 건조한 바람이 기분 좋았다. 하와이에서 오픈카를 타는 나. 왠지 잘나가는 인간 같았다(착각). 그때 이후로 나는 오픈카를 탄 적 없고 앞으로도 없을 테니 패러세일링과 함께 일생 단 한 번뿐인 체험이었다.

대형 쇼핑몰에 도착해 우리는 1층의 넓은 레스토랑에 들어갔다.

"알팔파라고 알아요?"

모른다고 대답하자, 그가 알팔파 샐러드도 주문해줬다.

나는 알팔파라는 존재를 그날 처음 알았다. 보풀보풀한 채소였는데 영양가가 높다고 한다. 그거 말고 다른 음식은 뭘 먹었는지 기억이 잘 나지 않는다.

친절한 사람이었다. 일본에 온 적도 있다고 했다. 지금도 슈퍼마켓에서 알팔파를 보면 그 사람의 빨간 오픈카가 떠오른다.

또 다른 친절한 사람이라면, 우리에게 코카콜라를 사준 모르는 사람이 있었다.

산책하다가 거리에서 병에 든 코카콜라 자판기를 발견하고는 "옛날 생각 난다"라며 친구와 바라보는데 현지인 청년이 영어로 말을 걸었다.

"사는 법, 알아요?"

아마도 그런 말이었을 것이다.

갑작스러운 일에 허둥거렸는데, 그 사람이 자기 주머니에서 동전을 꺼내 자판기에 넣었다.

덜커덩하고 나온 병 콜라. 그 사람은 그걸 우리에게 건네고는, "엔조이!" 하고 웃으며 멀어졌다.

세상에는 영 귀찮은 사람도 있지만 친절한 사람도 있

구나.

바다가 안 보이는 호텔 방에 돌아와 차가운 콜라를 둘이
서 마셨다.

ABC마트에서
산 모자는
대체 어디 갔을까?

5

말레이시아
Malaysia

쿠알라룸푸르에서 선물 탐색

말레이시아 수도 쿠알라룸푸르 호텔에 도착한 시각은 심야 12시 넘어서. 일 관련 취재로 태국에 가는 도중, 갈아타기 위해 딱 하룻밤만 머물렀다. 2001년이었다.

편집자, 카메라맨과 동행했다. 일단 식사를 하려고 셋이서 밖으로 나왔다.

밤하늘 아래 노점이 몇 곳 있었다. 거기에서 뭔가 사보고 싶었으나 최종적으로 근처의 '피자헛'에 들어갔다. 지치기도 했고 무척 더웠다. 에어컨이 들어오는 실내에서 쉬고 싶었다.

피자를 먹으며 나는 외부의 노점을 구경했다. 컬러풀한 텐트 아래에서 먹고 마시는 사람들. 시간이 시간인 관계로 대부분 남성들이었다.

다들 어떤 대화를 나눌까?

즐거운 이야기나 심각한 이야기. 가족 이야기, 일 이야기. 어제 본 텔레비전 방송 이야기. 좋아하는 스포츠팀 이야기, 예전에 다녀온 여행 이야기.

언어는 달라도 우리 세 사람이 피자를 먹으며 나누는 이야기와 비슷할 게 분명했다.

만약 내가 여기에서 태어나 자랐다면 저 노점에 내 연인이 있을지도 모른다. 이런 생각을 품고 바라보자 나와 가까운 풍경처럼 보였다.

사람은 태어날 장소를 고르지 못한다. 그러나 다른 곳에서 태어나 자란 나를 상상할 수는 있다.

국내 여행을 할 때도 늘 비슷한 상상에 잠긴다. 버스 창문 너머로 바라보는 낯선 거리. 지나가는 풍경 속에 '다른 나'를 걷게 한다.

여기에서 태어나 자랐다면 저 슈퍼마켓에 갈지도 몰라. 지금 저 가게에 들어간 여성은 내 동창생일지도 몰라.

나는 왜 이런 상상을 즐길까?

어디에서 태어나든 누군가와 함께 웃고 맛있는 음식을 먹었으면 좋겠다.

아무튼 말레이시아다.

피자헛에서 식사하고 잠깐 잔 다음, 호텔에서 아침을 먹자 비행기 시간까지 조금 여유가 있었다. 호텔 주변을 산책해보기로 했다.

하룻밤만 머문 도시지만 뭔가 기념이 될 만한 물건을 사고 싶었다. 가게를 찾다가 큰 시장에 도착했다. 처음 보는 신기한 채소, 과일, 생선. 많은 사람으로 복작거렸다.

나는 이 시장에서도 또 이런 상상을 했을 것이다.

이곳에서 태어나 자랐다면 엄마와 손을 잡고 매일 장을 보러왔을지도 몰라. 잘 아는 시장 아주머니가 과자를 줬을지도 몰라.

초등학교 저학년 때까지는 장을 본다면 슈퍼마켓이 아니라 시장이었다. 동네에 시장이 두 군데 있었는데, 엄마는 매일 둘 중 한 곳에 장을 보러갔다.

작은 시장은 골목 양쪽에 가게가 늘어선 아케이드 형식이었는데, 큰 시장은 체육관 같은 구조이고 내부는 개인 상점으로 꽉 찼다. 미로처럼 이리저리 돌아다닐 수 있어서 아이들에게는 제법 괜찮은 놀이터였다. 말레이시아 시장도 말하자면 이런 스타일이다.

어린 시절의 내 기억으로는 큰 시장 입구에 세탁소가 있었다. 맞은편이 화과자 가게. 쭉 들어가면 통로가 여러 갈래로 나뉘고, 오른쪽으로 꺾으면 달걀 가게였다.

달걀 가게.

커다란 상자에 톱밥이 봉긋하게 깔렸고 그 안에 달걀이 놓여 있었다. 손님이 원하는 개수를 바구니에 넣어 계산하는 시스템이었다.

나도 엄마 옆에서 달걀을 골랐다.

"엄마, 이건?"

"안 돼, 너무 커."

무게로 가격이 달라져서 너무 크면 기각이었다.

그 가게에서는 '히야시아메'도 팔았다. 히야시아메란 차가운 생강 주스로, 오사카의 여름 명물이다. 주문하면 플라스틱 컵에 담겨 나왔다. 엄마는 종종 그걸 그 자리에 서서 마셨다. 달콤하고 알싸한 어른의 음료였다.

달걀 가게 다음에는 채소 가게, 그다음에는 장난감 가게. 장 보러 온 손님들로 혼잡하고 복작복작한 시장은 늘 습하고 다양한 냄새가 났으며 활기가 넘쳤다.

말레이시아 시장에서 어린 시절을 떠올리면서도 선물이 될 만한 물건을 찾지 못하고 밖으로 나왔다.

자그마한 레코드 가게를 발견했다. 레코드라기보다는 카세트테이프를 파는 가게. 좁은 가게에 노래 테이프가 잔뜩 진열됐다.

그래, 기념으로 말레이시아 가수의 테이프를 사자!

계산대의 직원에게 추천해달라고 부탁했다.

"그럼 이거지."

하나를 골라주었다.

재킷 사진은 댄디한 남성. 말레이시아의 유명한 가수인가보다. 귀국해서 들어봤더니 사진 이미지처럼 침착하고 섹시한 목소리였다. 그 노래를 한 번 더 듣고 싶은데 지금은 테이프가 곁에 남아 있지 않다.

말레이시아에서
생각난
히야시아메

6

스페인
Spain

밤, 바르셀로나에서 투우를 보다

스페인의 신발 브랜드 '캠퍼'의 가죽 신발.

　바르셀로나에서 산 이래로 밑창을 교체하며 지금도 여전히 애용한다. 슬립온 디자인이라 발 전체를 폭 감싸줘서 착화감이 좋다. 머물렀던 호텔 근처에 길거리 점포가 있어서 계산하자마자 갈아신고 사그라다 파밀리아에 갔었다.

　건축가 안토니오 가우디의 대표작 사그라다 파밀리아. 내가 방문한 시기는 세기말.

　그 후로 공사가 어느 정도 진행됐을까?

　최신판 스페인 가이드북과 여행 당시 촬영한 사진과 비교해보니 탑의 수가 늘었다. 하긴 그렇겠지. 세월이 참 많이 흘렀다. 2021년 12월에 두 번째로 높은 '성모 마리아 탑'이 완공되어 코로나 시국을 밝히는 기쁜 뉴스가 됐다.

　기억에 남은 풍경이 있다. 길고 긴 계단을 올라가 당시 사그라다 파밀리아 내의 일반 공개된 구역 중 가장 높은 곳에 도착했을 때, 근처에 있던 관광객이 휴대전화로 통화를 하고 있었다.

이렇게 높은 곳에서도 전파가 터지다니!

경악할 정도로 놀란 이유는 당시 내가 쓰던 통신기기
(PHS 혹은 초기 휴대전화)가 그 정도 수준은 아니었기 때문일
것이다.

이때 여행에서 피카소의 '게르니카'를 봤다. 그 그림은
마드리드에 있으니까 마드리드에서도 몇 박 묵었을 텐데,
마드리드는 거의 기억이 안 난다. 그 정도로 바르셀로나의
인상이 강렬했다.

참고로 '게르니카'는 스페인 바스크 지방에 있는 마을
의 이름이다. 1937년 독일군 공습으로 괴멸적 타격을 받은
후에 피카소가 그린 그림이 '게르니카'다. 세로 약 3.5미터,
가로 약 7.8미터. 엄중한 경비 속에 전시된 그림을 송구한
기분으로 감상했다.

아무튼, 바르셀로나의 가우디.

사그라다 파밀리아 다음으로, 사업가의 저택으로 지은
카사 밀라와 위대한 직물업자의 저택으로 지은 카사 바트
요 등 가우디의 건축을 견학했다.

"이 공원, 되게 자유롭다."

감탄하며 돌아보았던 가우디의 구엘 공원은 마치 흙 속에서 발굴된 공룡의 전신 골격 같았다. 햇빛에 그림자가 드리운 긴 주랑은 꼭 갈빗대 같다. 그 안을 자그마해진 내가 쫄랑쫄랑 산책하는 기분이었다.

여자 친구와 둘이서 떠난 여행이었다. "이건 먹어줘야지!" 하며 파에야를 몇 번이나 먹었다. 누가 봐도 관광객 대상의 가게였지만 오픈 테라스 자리에 앉아 희희낙락 먹었다. 새까만 오징어먹물 파에야, 쌀 대신 파스타를 넣은 파에야. 들뜬 기분이 첨가되면 뭐든지 몇 배는 맛있어진다.

밤에 굉장한 소동이 있었다.

자동차 경적이 바르셀로나 거리 사방에서 빵빵 울리고, 축구 유니폼을 입은 어마어마한 인파가 대열을 이루어 길을 걸었다. 아니, 걷는 게 아니라 네부타마쓰리의 '하네토(행렬을 이뤄 흥을 돋우는 춤꾼 – 옮긴이)'처럼 다들 폴짝폴짝 뛰었다. 응원하는 팀이 축구 경기에서 이겼다는 건 상상할 수 있었는데, 스페인에서는 매번 이렇게 열광적으로 기뻐하나? 흥분한 축구 팬들의 사진을 찍었더니 "나도 찍어줘! 찍어줘!" 하며 점점 사람들이 모여들었고 나중에는 나도 같이 어깨동무하고 함성을 지르며 기뻐했다.

마치 커다란 공룡의 뼈 같아.

재미있는 옥상.
이런 집에서 살아보고 싶다.

FC 바로셀로나가 우승한 밤.

그나저나 도대체 무슨 경기였을까?

나중에 알아보니 1999년 그날 밤은 '리가 에스파뇰라'라는 스페인 축구 리그의 우승 결정전이 있었다. FC 바르셀로나와 레알 마드리드의 경기로, 두 팀은 치열한 라이벌 관계이다. 두 팀이 맞붙는 시합을 엘 클라시코(전통의 승부)라고 특별하게 부를 정도인데, 그 경기에서 FC 바르셀로나가 승리해 리그 우승을 거머쥔 밤이었다.

이야, 이러면 흥분하고도 남지.

당시에는 뭔지 몰라 어리둥절했는데 지금 돌이켜보니 엄청난 밤에 바르셀로나에 있었구나. 아무것도 몰라도 같이 어울리며 기뻐해서 좋았다.

가우디를 보고 파에야를 먹고 피카소, 미로, 달리와 세 개의 미술관을 돌아봤고, 태어나서 처음으로 투우를 보러 갔다.

호텔 프런트에서 오전에 티켓을 사라고 알려줘서 시키는 대로 투우장에 갔는데 매표소가 어딘지 몰라 우왕좌왕. 그러자 현지인 청년 두 명이 "우리 뒤에 서면 돼"라고 알려주었다.

"어디에서 왔어?"

"일본에서."

전부 스페인어와 일본어에 손짓과 발짓. 줄을 서서 기다리는 동안 스페인 가이드북을 손가락으로 짚으며 "여기 갔고, 여기에도 갔었어" 하고 보고하자 그들은 굉장히 기뻐했다. 투우 티켓을 사는 것까지 도움을 받고 이제부터 '몬세라트'에 간다고 하자 그들이 걱정스러운 표정을 지었다.

"무리야. 투우 시간까지 못 와!"

몬세라트까지 바르셀로나에서 전철로 왕복 약 2시간. 전철을 기다리는 시간과 관광하는 시간을 생각하면 확실히 무모한 계획이었다.

몬세라트에서 유일하게 기억하는 것은 기념품 가게에서 이쑤시개 보관함처럼 생긴 도자기 단지를 산 것 정도. 하여간 투우에 늦지 않게 돌아갈 생각에만 사로잡혔다.

바르셀로나로 돌아와 허둥지둥 투우장으로 갔다. 이미 투우는 시작됐고 만원사례였다. 통로가 보이지 않을 정도로 사람들이 가득 앉아 있었다.

이거 정말 놀랍다.

이런 상황에서 관광객인 우리가 자리를 찾는 건 불가능해…….

절망한 그때, 저 멀리서 벌떡 일어나 손을 흔드는 사람이 보였다.

오전에 만난 청년들이었다.

안절부절못하며 우리를 기다렸겠지. 그들이 있어준 덕분에 우리는 그 자리까지 무리해서라도 갈 수 있었다. 여행지에서 그렇게 마음이 든든했던 건 그때가 처음이었고 어쩌면 앞으로도 없을 것이다.

밤하늘 아래에서 나란히 투우를 봤다. 그들이 계속 제스처로 해설해줬다. 투우가 끝난 뒤 같이 사진을 찍었다. 그 사진은 이미 없지만 어마어마한 관중 속에서 벌떡 일어나 손을 흔들어준 그들의 실루엣은 가슴 안에 촉촉하고 따뜻하게 남아 있다.

7

폴란드
Poland

쇼팽의 선율과 피로시키

폴란드를 방문한 시기는 2019년 여름. 전 세계가 신종코로나바이러스에 점령되기 대략 반년 전이었다. 고도古都 크라쿠프와 바르샤바를 돌아보는 미니 패키지 투어를 이용한 여행이었다.

해외 패키지를 이용할 때마다 가이드의 일솜씨에는 진심으로 감탄한다. 당연한 소리인데 가이드의 일은 "자, 여기입니다~" 하고 인솔만 하면 끝나는 게 아니다. 버스나 레스토랑의 자리 배치, 길을 잃은 사람을 찾고 몸이 안 좋은 사람을 배려하고, 베스트 스폿에서 모두의 사진을 찍고, 하루에도 몇 번이나 반복하는 분실물과 내일 일정 확인까지. 가이드의 인품에 따라 투어 전체 분위기가 바뀌니 그야말로 고도의 균형 감각이 필요한 일이다. 폴란드 패키지 투어의 여성 가이드도 야무지고 밝은 사람이었다.

가이드가 말했다.

"지금까지 여러 나라를 여행하셨던 분들이 많은 투어일

거예요. 여행 이야기로 꽃이 필 것 같은데요?"

프랑스나 이탈리아 같은 이른바 메이저 해외여행을 어느 정도 즐긴 뒤 뭔가 새로운 곳이 없을까, 하는 사람이 고르는 곳이 폴란드라고 한다. 정말로 여행에 익숙한 사람이 대부분이어서 식사할 때마다 여러 나라의 이야기를 들을 수 있었다. 용돈을 모아 1년에 한 번 적당한 패키지를 이용해 해외여행을 즐긴다는 여성 2인조가 있었는데, 그들이 여행지에서 겪은 실패담이 재미있어서 모두 폭소했다.

한 젊은 부부에게 왜 이번에 폴란드 여행을 왔는지 묻자 이렇게 대답했다.

"올해는 아무 데도 안 갈 생각이었는데 이동이 적은 여행이라면 괜찮겠다 싶어서요."

오호라, 그런 식으로 선택할 수도 있구나. 해외 패키지 투어는 하루 5, 6시간씩 버스로 이동하는 일이 흔한데, 그런 점에서 이번 폴란드 패키지 투어는 전체적으로 이동 시간이 짧았다. 목적지 한 곳까지 오래 걸려도 버스로 1시간 30분 정도이고 대부분은 수십 분 정도. 크라쿠프에서 바르샤바까지는 3시간 걸렸으나 이때는 버스가 아니라 열차였다. 열차 안을 돌아다닐 수 있는 만큼 신체적으로도 심리적으로도(화장실에 자유롭게 갈 수 있다) 부담이 적고, 크라쿠프와 바르샤바 모두 한 호텔에서 묵으며 다닐 수 있어서 짐을 두 번만 꾸리면 되니까 편했다.

자, 아무튼 고도 크라쿠프. 구시가지는 세계유산에도 등록된 곳으로, 중세 풍경을 간직한 아름다운 거리를 즐길 수 있다.

최고의 볼거리는 역시 중앙 광장. 광장에는 예전에 직물 거래소로 이용한 직물회관이라고 불리는 큰 건물이 있다. 안으로 들어가면 통로 양쪽에 기념품 가게가 아주 가득. 도자기나 호박 브로치, 손뜨개 레이스, 목조 민속품 등이 비좁게 진열됐다.

"직물회관에서 샀어요."

레스토랑에서 점심을 먹을 때, 같은 테이블에 앉은 여성이 정교한 목제 세공 상자를 보여주었다.

아는 거다. 멋있어서 구경했던 거다.

그래도 나는 사지 않았다. 그 작은 상자에 넣을 게 없었고, 넣을 게 있어도 빈 쿠키 상자면 된다고 생각하는 성격이다.

같은 장소에 가서 같은 물건을 봐도 사오는 기념품은 다르다. 살림살이나 삶의 방식은 제각각이라고 스무 명 남짓

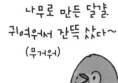

나무로 만든 달걀.
귀여워서 잔뜩 샀다~
(무거워)

귀여운 게
너무 많아서
큰일이야!

크라쿠프의 크리스마스 장식품 소프카.

크라쿠프 직물회관

관광객으로 바글바글.
양쪽에 즐비한 기념품 가게.

한 패키지 손님의 얼굴을 보며 절실히 느꼈다.

"나는 이걸 샀어요."

"나는 이거."

요리가 나올 때까지 다 같이 각자 산 물건을 보여주며 신나게 대화했다. 참고로 내가 자랑한 크리스마스 장식품인 은박 세공 탑을 산 사람은 아무도 없었다.

중앙 광장에서 바벨성까지는 걸어서 갔다. 대성당이나 구왕궁 등을 관광했다. 성 안쪽 언덕에서 아름다운 비스와 강이 보였다.

강가에 드래곤이 있었다.

"조금 있으면 드래곤 조각상이 불을 뿜어요."

가이드의 설명에 모두 기다렸다. 높이 6미터인 드래곤 조각상. 예상했던 것보다 훨씬 세차게 불을 화르르 내뿜어서 놀랐다. 과거 바벨성 산기슭에 마을 처녀를 잡아먹는 드래곤이 있었다는 전설에서 따와 만들었다고 한다.

크라쿠프 교외에는 아우슈비츠 박물관이 있었다.

일본어를 할 줄 아는 폴란드인 남성 가이드가 모두를 안내했다. 제2차 세계대전, 나치 독일이 지은 아우슈비츠 수용소. 원래 오시비엥침이라는 이름의 도시였는데 독일어

아우슈비츠로 이름이 바뀌었고 그대로 강제 수용소의 이름이 됐다.

수용된 아이들 사진이 있었다. 모두 순진무구한 눈동자로 카메라를 바라보았다. 수많은 사람을 죽음으로 몰아간 독가스 빈 캔을 쌓아 전시해놓았다. 견학을 마치고 돌아가는 버스 안은 한동안 고요했다.

일행은 크라쿠프에서 수도 바르샤바로.

바르샤바에서 폴란드식 만두 피로시키를 먹었다. 구운 만두도 있으나 물만두가 일반적이고, 안에 넣는 재료는 수십 종류나 있다. 자유시간에 들어간 레스토랑에서 메뉴를 들여다보며 고민했다. 감자, 버섯, 코티지치즈, 사우어크라우트, 다진 고기…… 전부 다 맛있어 보여서 고르지 못하겠다. 제철 블루베리 피로시키는 생크림과 사워크림을 얹어 먹는 디저트 만두. 매콤한 것과 달콤한 것, 두 종류의 피로시키를 주문해 맛있게 먹었다.

주레크라는 신맛 나는 발효 수프도 명물이다. 감자와 소시지, 삶은 달걀을 넣고 끓인다. 슈퍼마켓에서 선물용으로 분말 수프를 잔뜩 샀다.

패키지에 쇼팽 미니 콘서트도 포함이었다. 여행을 예약

바르샤바 역사 지구

전쟁으로 파괴된 거리가 전후 완전히 재건됐다.

주레크

호밀 발효 수프. 속을 판 빵에 담아 나오기도 한다.

> 종이 냅킨. 귀여워서 이것도 저것도.

폴란드 기념품

주레크 인스턴트 수프, 폴란드 캐러멜 '크루프카'를 슈퍼마켓에서.

하기 전까지 쇼팽이 폴란드 출신인 줄 몰랐던 나지만, 연주 곡은 여러 번 들어봤다. 참고로 지동설을 주장한 코페르니쿠스, 마리 퀴리도 폴란드의 유명인이다.

쇼팽 미니 콘서트는 바르샤바 구시가지에서 가까운 오래된 한 주택에서 열렸다. 우리 패키지만을 위한 연주회였다.

활짝 열어둔 넓은 창밖으로 푸른 하늘이 보였다.

창가에 놓인 그랜드피아노.

남성 피아니스트가 연주하는 동안 경찰차 사이렌 소리가 들렸다. 피아니스트는 연주하는 손을 멈추고 관객인 우리에게 미소를 지었다. 경찰차가 지나가고 다시 연주를 시작하자, 그때까지 왠지 긴장하며 듣던 모두의 분위기가 부드럽게 풀렸다.

바르샤바 기념품으로 오르골을 샀다. 콘서트에서 들은 쇼팽의 명곡. 오르골을 돌리면 연주 중 여름 바람에 흔들리던 하얀 커튼이 생각난다.

바르샤바에서

8

노르웨이
Norway

북극의 파리, 담담한 분홍빛 저녁놀

오로라를 볼 수 있는 곳을 점점이 이동하는 여행을 한 2011년. 노르웨이 하르스타드라는 도시에서 오로라를 보고 안도했다. 당시 여행 때 쓴 일기는 이랬다.

'오로라는 어렴풋하다가 서서히 짙어졌고 행태가 늘어났다 줄었다 바뀌었다. 물에 떨어뜨린 물감을 흔든 것처럼 하늘에서 빛났다.'

'계속 올려다보면 힘드니까 중간중간 고개를 숙인다.'

또 이런 글도 있었다.

'패키지 투어는 가이드가 말한 앞으로의 일정을 꼭 메모하는 게 중요하다. 기억했다고 생각해도 전달 사항이 워낙 많으니까 시간이 지나면 잊어버린다.'

참으로 절박한 메모다. 혼자 참가한 패키지니까 '정신 바짝 차려야지!' 하는 나를 향한 경고였을지도 모른다.

항구마을 하르스타드는 오로라 관광만을 위해 들른 곳이어서 낮 분위기는 알지 못한다. 아, 그렇지, 랜선여행이 있었지! 구글 스트리트 뷰로 낮의 하르스타드를 걸어보자.

스마트폰으로 피유웅 하르스타드까지 날아가 숙박했던 호텔 앞에 내려섰다. 계절은 여름일까. 눈 없는 하르스타드. 화창하다. 걸어가자 바다가 보였다. 다 같이 오로라를 본 항구다. 항구를 등지고 언덕길을 올라갔다. 북유럽답게 귀여운 집들이 옹기종기하다. 온 길을 돌아보자 파란 바다가 보였다.

알고 보니 하르스타드에는 멋진 하이킹 코스가 있어서 백야 때 하이킹하는 관광객도 있다고 한다. 하는 김에 거기도 스트리트 뷰로 잠깐 산책했다. 바다를 보며 초록빛 언덕을 느긋하게 걸었다. 어쩜 이렇게 아름다울까. 가끔 지쳤을 때 스마트폰으로 놀러 가야겠다.

하르스타드에서 '북극의 파리'라고 불리는 트롬쇠까지는 해안 급행선 '노르뤼스호'로 갔다. 노르뤼스란 노르웨이어로 오로라. 새벽이 밝기 전에 출항했다. 레스토랑이나 기념품 가게도 있는 거대 여객선인데, 배에서 얼마나 썼는지 메모가 있었다.

'와플 29크로네, 아이스크림 22크로네, 목도리 90크로네 (50크로네가 당시 일본 엔으로 800엔 정도).'

패키지 참가자 중에 60대 후반의 부부가 있었는데, 둘이 자주 해외여행을 다닌다고 했다. 그들과 대화를 나누다가 마음에 남았었는지 이런 말이 노트에 적혀 있었다.

(남편) "가고 싶은 곳에 같이 가주는 사람은 이 사람(아내)뿐이야."

부부는 해외 패키지 투어에 익숙해서 이웃에게 줄 선물 등은 미리 기념품 플랜을 신청해 귀국 후 자택에 도착하게 끔 처리했다고 한다. 그래서 여행 중에는 거의 물건을 사지 않았다. 몸이 홀가분해 보였다.

그들이 "지금까지 간 곳 중에서 스위스가 최고였어"라고 말했다. 언젠가 스위스에 가보고 싶었으니까 기대감이 높아져서 그 후 패키지 투어 팸플릿을 모으고 가이드북을 사고 슬슬 본격적으로 여행 계획을 세우기 시작했을 때,

하르스타드에서 트롬쇠로

바다에서 보인 집들. 내부 구조는 어떨까?

피오르를 지나가는 '해안 급행선'

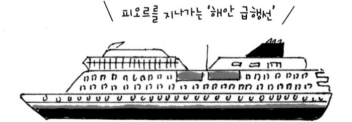

전 세계가 신종코로나바이러스에 뒤덮이고 말았다. 스위스. 언젠가 갈 수 있을까?

자, 다시 이야기로 돌아와서 약 6시간 30분의 노르뤼스호 여행을 마치자 트롬쇠 풍경이 보였다. 원래 피오르 절벽을 가까이에서 볼 수 있는데, 눈 때문에 시야가 새하얬다. 계속 눈보라 치는 바다를 지나온 탓에 갑자기 눈앞에 나타난 도시의 불빛이 한층 더 따스해 보였다.

트롬쇠에서는 '폴라리아' 수족관을 다 같이 견학했다.

'바다표범 먹이 주는 모습을 봤다. 울프피쉬 진짜 크다.'

여행 일기에 적힌 감상은 이 정도.

울프피쉬는 생김새가 위협적인 거대 물고기로, 가이드의 말에 따르면 요리해서 먹기도 하는데 무척 맛있다고 한다. 울프피쉬를 먹을 수 있는 번화가 레스토랑을 알려줬으나 숙박하는 호텔에서 버스를 타고 가야 했고, 한겨울 노르웨이는 오후 4시에 벌써 밤처럼 어두컴컴했다. 저녁을 먹으러 레스토랑에 간 것까지는 좋은데 돌아오는 버스를 잘못 타서 눈 속에 오도카니 남겨지면……. 나는 상상만으로도 오싹했는데, 다음 날 아침을 먹는 도중 "어제 먹고 왔어요"라고 혼자 여행온 여성이 태연자약하게 말해서 간 떨어지게 놀랐다. 용기가 대단하다.

아무튼 트롬쇠다.

'북극의 파리'라고 불리는 노르웨이 트롬쇠는 스칸디나비아 북극권 최대 도시다. 중심부에 쇼핑센터와 상점이 있고 오로라를 보러온 여행자들에게도 인기 최고라고. 트롬쇠에 거주하는 일본인 가이드가 추천하는 카페 주소를 적은 메모지를 줬다.

그건 그렇고 일본에서 멀리 떨어진 오로라의 도시에 사는 일본인 가이드. 어쩌다가 이 도시에? 너무 주책 같으니까 물어보지 못했지만 왠지 마음이 든든했다.

어디에서 살아도 되는구나.

어디든 갈 수 있어.

만약 도쿄에서 극복하지 못할 어떤 일을 겪어도 나한테는 트롬쇠가 있어!

그렇게 생각하자 마음이 조금 편해졌다.

혼자 트롬쇠 대교를 걸었다. 본토와 트롬쇠섬을 연결하는 1,036미터 길이의 다리다. 걸어서 건널 수 있다고 가이드가 말해서 중간까지만 갔다.

다리 중앙에서 바라본 아름다운 피오르.

눈 쌓인 다리를 걸어서 건너려는 자는 없었으므로 내가 통째로 다리를 빌린 셈이었다.

다리에서 찍은 사진이 있었다. 담담한 분홍빛 저녁놀이 강 수면을 뒤덮었다. 트롬쇠 만에 뜬 배 한 척. 그 풍경을 사진 찍으면서 나는 무엇을 느꼈을까?

낮이 짧은 북유럽의 겨울.

'어두워지기 전에 호텔에 돌아가야 해!'

그런 생각을 했을지도 모르지.

9

스웨덴
Sweden

아이스 호텔에 묵는다면

북유럽 스웨덴에는 한겨울과 한여름에 간 적 있다.

　한겨울은 오로라 관광투어. 안타깝게도 날씨 때문에 스웨덴에서는 오로라를 볼 수 없었으나, 낮에 북부 유카스야르비라는 도시에서 아이스 호텔을 구경했다.

　아이스 호텔. 설명할 것도 없이 눈과 얼음으로 이루어진 호텔이다. 근처 토르네강의 얼음으로 만들었고, 호텔이니까 당연히 숙박할 수 있다.

　호텔 입구는 꼭 눈 동굴 같았다. 안으로 들어가도 동굴 같은 분위기인데, 내부는 생각보다 훨씬 밝았다. 파르스름한 얼음벽이 햇빛을 내부까지 들어오게 했다.

　호텔 안도 밖과 거의 다르지 않게 추웠다. 벽도 바닥도 상들리에까지도 얼음. 참고로 이 시기 스웨덴 북부 기온은 매일 영하 10도 정도였을 거다.

　아이스 호텔에는 투숙객용의 얼음 방이 수십 개 있었다. 문은 없으나 얼음벽으로 안이 보이지 않게 만들었다. 여러

아이스 호텔

눈을 맞으며 버스에서 내려
'진짜 있네!' 하고 놀랐다.

스웨덴 북부 유카스야르비.

아이스호텔에서
요리 방송?

아티스트가 각각 방 디자인을 담당했는지, 어느 방에는 얼음으로 만든 백곰 조각이 장식됐다. 얼음 침대에는 매트리스, 그 위에 순록 담요가 깔려 있었고, 침낭에 들어가서 잠을 잔다.

"추워서 못 자는 분들이 많아요."

안내자가 웃었다. 정말 상상만 해도 춥다.

마침 지역 방송국이 와서 촬영하는 중이었다. 어째서인지 요리 방송. 하얀 요리사 복장에 요리사 모자를 쓴 남성이 카메라 앞에서 이러쿵저러쿵 설명하며 요리를 만들었다. 그의 새하얀 옷이 보는 자를 더욱 춥게 했다. 흠, 어떤 의도의 방송일까?

호텔 안에 얼음 교회도 있었다. 결혼식도 실제로 올린다고 한다.

부지 안에 얼음 방 이외에 난방이 들어오는 평범한 객실도 있었다. 입장료는 투어 요금에 포함되었는데, 당시 환율로 한 명당 4,500엔 정도였다.

아이스 호텔 관광을 마치고 버스를 타고 눈길을 이동하는 중에 가이드가 말했다.

"저쪽! 오른쪽에 야생 순록이 있네요."

"억? 어디, 어디?"

모두 카메라를 손에 들고 창문에 달라붙었다. 차도 바로 옆을 느릿느릿 걷는 순록이 보였다.

크다.

커다란 동물을 보면 당연하게도 내가 작게 느껴진다. 그게 꼭 크기만의 문제는 아닌 것 같다.

지구에는 다양한 동물이 사는데, 나아가 우주 규모로 가면 인간도 순록도 양귀비씨와 같은 존재…….

'그렇게 작은 존재인 내가 울고 웃으며 단 한 번뿐인 인생을 중대사로 여기며 살아가는구나.'

순록을 보며 이런 생각을 한 것이다.

그나저나 보이는 곳이 온통 다 눈. 버스와 트럭이 엇갈릴 때마다 바슬바슬한 눈이 연기처럼 두둥실 날아 순간 앞이 안 보였다.

"지금 시기에는 비눗방울도 얼어요."

가이드가 말했다.

꽁꽁 언 비눗방울. 얇은 유리잔 같을까? 손바닥에 얹어 보고 싶다. 예쁘겠지.

"비눗방울이 있었으면 좋았겠다."

버스의 누군가가 말해서 나는 속으로 '그지, 그지' 하고 수긍했다.

정반대로 한여름 스웨덴은 여자 친구와 셋이서 여행.

먼저 핀란드를 관광하고 스웨덴으로 가는 여객선에서 1박. 스웨덴에는 2박만 머무르는 플랜이었다.

짧게 머물러서 멀리 가지는 못하고 수도 스톡홀름을 트램을 타고 이리저리. 우편 박물관에서 옛날 우표의 디자인을 보고 국립미술관에 가기도 했다.

국립미술관 카페에서 먹은 '바닐야탄'이라는 과자가 맛있어서 지금도 문득 "한 번 더 먹고 싶네" 하고 그리워한다. 하트 모양에 크기는 모미지만주(미야지마 명물인 단풍 모양의 만주. 손바닥보다 조금 작은 정도다 – 옮긴이) 정도. 부드러운 쿠키 사이에 커스터드크림이 들었다.

아무런 예비지식도 없이 '바사 박물관'에 갔다. 17세기 스톡홀름 항구에서 침몰한 군함 바사를 거의 원형 그대로 인양해 전시했다. 전체 길이 69미터, 높이 52미터, 장비된 대포는 64문. 호화찬란한 배 장식을 복도를 걸으며 볼 수 있다. 그리스 신이나 성스러운 짐승 등을 모티브로 한 다양한 조각이 있었는데, 이걸 조각한 사람들은 얼마나 자랑스러웠을까.

"저걸 봐! 아빠가 열정을 쏟아부어 조각한 사자야!"

가족에게 이런 말을 했을 것이다.

코코넛 과자

스웨덴 과자 코코스토팔. 코코넛 듬뿍.

점심을 먹은 카페의 간판.

하트 모양 과자
바닐야탄

스톡홀름 거리를 달리는 트램

"좀 더 깊게 파도 좋았을 텐데."

혹은 장인만이 아는 엄격한 눈으로 작품을 바라보며 출항을 지켜봤을지도 모른다. 슬프게도 이 배, 돌풍을 맞아 첫 항해 때 침몰하고 말았다……

겨울과 여름을 본 스웨덴. 합쳐서 고작 나흘.

얼음 호텔, 순록, 하트 모양 과자, 군함 바사.

언뜻 연결되지 않는 것들이 마음속 선반에 가지런히 놓여 있다.

10

싱가포르
Singapore

두리안 아이스크림을 하나 더

닭고기와 캐슈너트 볶음.

지금은 유명한 메뉴지만 나는 어른이 될 때까지 그런 요리의 존재도 몰랐다.

싱가포르에 간 때는 1990년. 스물한 살 때였다. 애니메이션 〈마루코는 아홉 살〉과 드라마 〈세상살이 원수천지〉의 방영이 시작되고, 사잔 올 스타즈가 '한여름의 과실'을 부르고 맥주 회사 기린에서 '이치방 시보리'를 내고 닌텐도에서 '슈퍼 패미컴'이 발매된 해이다.

고교 시절 여자 친구와 둘이서 3박 5일 패키지 투어를 신청했다.

"래플스 호텔 중국 요리가 맛있대!"

친구가 입수한 정보를 믿고 자유시간에 저녁을 먹으러 갔다.

래플스 호텔 싱가포르.

1887년에 개업한 싱가포르의 명문 호텔이다. 찰리 채플

린이 묵었다는 이 호텔에 박봉의 우리가 숙박할 수는 없으니, 조금 예쁘게 꾸미고 택시를 타고 갔다. 자리 예약은 현지 가이드에게 부탁했었다. 참고로 '싱가포르 슬링'이라는 칵테일은 이 호텔이 발상지라고 한다.

레스토랑에서 닭고기와 캐슈너트 볶음을 먹은 것 이외에는 아무것도 생각나지 않는다. 돌아올 때 뭔가 부피가 큰 기념품을 받은 것 같은데, 부피 큰 물건의 정체는 불명이다. 파인애플 모양 컵이었던 것 같다. 아닌가, 그런 걸 명문 호텔에서 줄까?

싱가포르라면 '머라이언'을 보러가는 시대였다. 그런데 그 머라이언도 평범한 곳에 덩그러니 있었다.

"봤네."

"응, 봤다."

"그만 갈까?"

"가자."

메인 이벤트가 허무하게 종료.

그런데 『루루부 싱가포르 21』을 사서 봤더니, 머라이언이 마리나 베이라는 북적북적한 곳으로 옮겨져 밤이 되면 화려하게 불도 켜진다지 뭔가. 머라이언이 출세했다. 그 밖에도 지상 200미터 높이의 수영장이나 거대 쇼핑몰, 미래형

식물원 등 이것저것 화려한 명소가 생겨서 즐거워 보였다.

코로나가 진정되고 다시 해외여행을 할 수 있는 날이 오면 최신 싱가포르에 가보고 싶다. 지상 200미터 수영장은 마리나 베이 샌즈 호텔 투숙객 전용 수영장이니까 가격이 어떻든 마리나 베이 샌즈 호텔에 묵어야 한다. 시야를 가로막는 난간이나 울타리 없이 경치와 일체화한 수영장을 인피니티 풀이라고 부른다는데, 여기가 바로 그거다. 하늘에 떠 있는 것처럼 보이는 수영장이다.

그런데 이렇게 화려한 수영장에는 어떤 수영복을 입고 들어가면 되지? 마음이 앞서서 유튜브로 영상을 검색했다. 다들 의외로 평범한 수영복이었다. 내가 가진 수영복으로도 될 것 같지만 이왕 가는 거니까 현지에서 화려한 걸 사야지.

여행 기분이 차올라서, 이어서 가이드북의 싱가포르 맛집 페이지를 숙독했다.

'락사'라는 코코넛우유가 들어간 누들이 인기라고 한다. 코코넛우유 좋아하니까 먹어보고 싶다. '프라운 미'도 궁금하다. 새우로 국물을 낸 간장 베이스 수프(상상만 해도 맛있겠다). 큼지막한 새우가 올라갔다.

래플스 호텔 싱가포르는 2019년 여름, 약 2년에 걸친 리

머라이언!!

멀리 작게 보이는 머라이언.

한 번은 마시고 싶은
래플즈 호텔의
싱가포르 슬링

래플즈 호텔 싱가포르

1887년 개업. 초기에는
방이 10개뿐이었다고 한다.

뉴얼을 마치고 새로워졌다. 전에는 겁나서 들어가지 못했던 호텔 바 '롱 바'에도 가보고 싶다. 당연히 싱가포르 슬링을 마셔야지! 진 베이스의 분홍빛 칵테일로, 가이드북 사진을 보니 생파인애플로 잔을 장식했다.

같이 싱가포르에 다녀온 친구에게 오랜만에 문자를 보냈다.

'싱가포르, 뭐 기억하는 거 있어?'

답이 금방 왔다.

'전혀 기억 안 나.'

두리안 아이스크림을 먹은 기억은 있다고 한다.

그건 나도 기억한다. 길을 걷다가 노점에서 두리안 아이스크림을 먹었다. 가게 앞에서 사진을 찍으려다가 나는 방금 산 아이스크림을 떨어뜨렸다.

'참 곤란한 사람이네.'

그런 표정으로 가게 언니가 아이스크림을 새로 줬다. 아이스크림을 떨어뜨리지 않았다면 먹은 것도 기억하지 못했겠지.

친구에게서 또 문자가 왔다.

'곤충관 같은 곳에 갔다가 나비가 무서워서 도망친 기억이 난다.'

곤충관? 뭐야 그게, 난 몰라. 진짜야?

친구가 여행 사진 몇 개를 첨부해서 보내줬다. 어떤 건물 앞에서 웃고 있는 나. 계단에 앉아 있는 나. 자세한 건 생각나지 않지만, 그때 친구와 지금도 친구여서 기뻤다.

추가

본가에서 앨범을 정리하다가 싱가포르에서 우리 집으로 보낸 그림엽서를 발견. 엽서의 원문은 이랬다.

1/11

캐세이항공을 타고 싱가포르에. 홍콩 경유. PM 8:00 도착. 호텔 '샹그릴라' 18층.

1/12

종일 시내 관광. 유명한 머라이언을 봤다. 차이나타운에서 은반지를 샀다. 2,500엔 정도. 둘이서 지하철을 탔다. 부기스 역에서 내려 아랍 거리를 걸었다. 싱가포르 최대이자 최고의 이슬람 사원인 술탄 모스크를 멀리서 봤다. 해가 저물기 시작해서 돌아왔다.

1/13

옵션 투어로 센토사섬에 갔다. 날씨도 좋고 예뻤다. 로
프웨이를 탔다. 오후에는 비. 우산을 쓰고 쇼핑. 백화점에
서 라면을 먹었다. 두리안 아이스크림은 맛없었다.

1/14

아침은 호텔 조식. 맛있었다.

11

캐나다
Canada

빨강 머리 앤이 보내준 선물

신초문고에서 나온 무라오카 하나코 씨가 번역한 『빨강 머리 앤』을 읽은 것은 스무 살이 넘어서였다. 회사원 시절, 통근 지옥철에 시달리면서 전권을 다 읽었다. 너무 재미있어서 회사 근처 역에 도착해서도 책을 덮지 못하고 벤치에 앉아서 읽었다.

그 『빨강 머리 앤』의 무대, 캐나다 프린스 에드워드섬에 간 때는 2018년 여름. 프린스 에드워드섬 주도 샬럿타운에 머물며 앤과 인연 있는 장소를 돌아보는 패키지 투어다.

그나저나 패키지 투어도 두 종류가 있다. 하나는 목적지 공항에서 현지 가이드와 합류하는 형식. 프랑스와 스페인, 싱가포르 등 몇 번의 여행에서 이용했는데, 공항에서 현지 가이드와 만나지 못한 적은 한 번도 없다. 모두 깃발을 들고 기다려줬다.

또 하나는 가이드가 동행하는 플랜. 말 그대로 일본에서부터 가이드가 이것저것 다 도와주는 형식이다. 공항에 있는 여행사 카운터에서 가이드와 합류하면, 출국부터 환승 때 집합 장소까지 자세하게 안내해준다. 가이드에 따라서 는 환율이 좋은 공항 내 환전소도 알려준다.

비행기에 타면 또 곧바로 가이드가 좌석을 돌아다니며 "저는 ○○석에 있으니까 무슨 일이 있으면 오세요"라고 말해주니까 그야말로 든든한 존재다. 이 캐나다 여행도 가 이드 동행 플랜이었다.

자, 그럼 프린스 에드워드섬.

메인은 앤이 살았다는 '그린 게이블즈', 초록빛 삼각 지 붕 집이다. 모델인 그 집은 작가 루시 모드 몽고메리의 친 척 집으로, 지금은 박물관이어서 유료로 견학할 수 있다. 그린 게이블즈 마당에는 앤과 절친 다이애나가 걸었던 '유 령의 숲'이 있었다.

"다이애나랑 내가 그 숲에 유령이 나온다고 그냥 상상 한 거예요. 여기는 전부 다 너무, 너무 흔해 빠졌잖아요. 반 쯤 장난으로 우리가 같이 생각해서 4월부터 시작했어요. '유령의 숲'이라니 정말 로맨틱하잖아요, 마릴라."(『빨강 머 리 앤』 중에서)

몽고메리도 어렸을 때 이 숲을 걸었다고 한다. 설마 여기가 미래에 자신이 쓸 소설의 무대가 되고, 전 세계에서 관광객이 오게 되리라고는 상상도 못 했겠지.

이동하는 차량에서 현지 가이드의 설명에 다 같이 귀를 기울였다.

"프린스 에드워드섬은 일본의 에히메현 정도의 크기이고, 요람처럼 생겼다고 합니다. 버스 창 밖에 보이는 붉은 흙은, 흙에 함유된 철분이 산화해서 붉게 보이는 거예요. 여기는 바닷가재 어업이 성행하는데 5~6월이 가장 맛있는 제철입니다. 사실 빨강 머리 앤의 무대가 된 시절에는 바닷가재가 돈 없는 사람들이 먹는 음식이었다고 해요. 또 의외라고 생각하실 수 있는데 참치 어업도 성행해서 대부분 일본에 수출합니다."

프린스 에드워드섬을 떠나 몬트리올로. 토론토에 이은 캐나다 제2의 도시. 북미의 파리라고 불리는 프랑스어권 도시로, 세계 각지에서 온 이민자가 많다.

"몬트리올에는 세계 최대 지하 거리가 있어요. 겨울에는 눈길을 걷지 않고 지하로만 이동할 수 있어요."

현지 가이드의 설명.

이곳에서는 자유시간에 '장 타론 마켓'이라는 지역 시장만 관광해서 그 지하 거리를 보러갈 수 없었다.

세계 최대 지하 거리는 어떤 느낌일까?

알고 보니 세상에 전체 길이가 약 30킬로미터. 기네스북에도 올라갔다. 오피스 빌딩과 연결된다니까 한겨울에도 통근하기 편하겠다.

예전에 역에 연결된 맨션에 사는 지인의 집에 놀러간 적이 있는데 참 편리하다고 감탄했었다. 친구는 근무지도 역 빌딩이어서 비가 와도 우산이 필요 없다고 했다. 강풍이 부는 비 오는 날, 역으로 걸어가면서 그 이야기를 떠올리고 '으으으, 역이랑 연결……' 하고 눈물을 흘렸다.

그다음에는 몬트리올에서 퀘벡주의 주도 퀘벡시티로.

세계유산에 등록된 구시가지는 화가가 그린 유럽 거리를 재현한 것처럼 귀여웠다. 일본 쇼핑몰에 온 것 같기도 했는데, 물론 쇼핑몰이 여길 참고했겠지.

구시가지는 상하 두 지역으로 나뉘고 계단 혹은 케이블카로 이동한다. 위 지역 '어퍼 타운'의 중심지 다름 광장에는 1608년 퀘벡에 왔다는 샹플랭이라는 인물의 동상이 있었다.

그린 게이블즈

역 벤치에서 읽은
『빨강 머리 앤』

못 멈춰...

관광객이 찍히지 않게
고생 고생 찍은 기적 같은 한 장.

반짝이는 호수

이야기 속에서 앤이 이름을 지은 호수.

앤의 방

깨진 석판

프린스 에드워드섬의 특산품, 메이플 시럽과 감자칩.

동상을 보면 늘 하는 생각인데, 동상은 어떻게 감상해야 할까? 동상을 얼마나 잘 만들었는지를 보는 걸까, 아니면 '과거에 이런 인물이 있었구나' 하고 바라보는 걸까. 참고로 내 감상은 '아, 동상이다'가 끝이다. 다름 광장의 샹플랭은 17세기에 실존한 프랑스인으로, 지리학자이자 탐험가이며 지도 제작자였다. 퀘벡 식민지의 기초를 다진 인물이라고 한다. 1635년 12월 25일에 심장발작을 일으켜 세상을 떠났다.

샹플랭 씨, 그날 크리스마스 만찬을 먹을 수 있었을까?

다시 방문하면 동상에 물어볼지도.

자, 여기 어퍼 타운에는 캐나다 발상인 의류 브랜드 '루츠(Roots)' 가게가 있다.

"선물하기에 좋아요."

가이드가 이렇게 말해서 가봤다. 가이드의 정보를 좋아하는 인간. 그게 바로 나다.

'루츠'는 캐주얼한 의류 브랜드로 비버 로고가 눈에 띈다. 모처럼 왔으니까 가슴에 비버가 커다랗게 프린트된 티셔츠를 선물로 몇 장 샀다. 1998년 나가노 동계 올림픽 때 이 '루츠'가 캐나다 선수단 공식 유니폼을 만들었다는 걸 나중에 알았다. 옷을 좋아하는 친구에게 아는 척하며 그

이야기를 했더니 "나도 알아, 귀여웠어"라는 대답이. 옷을 좋아하는 사람은 올림픽 유니폼까지 체크하는구나! 놀라워라.

아래 지역인 '로퍼 타운'의 명소는 북미에서 제일 오래된 상점가 쁘띠 샹플랭 거리다. 수공예품 가게와 레스토랑, 카페 등이 있어 관광객으로 붐빈다.

아름다운 세인트로렌스강을 구경하는 최고의 위치에 '페어몬트 르 샤토 프롱트낙'이라는 1893년에 개업한 노포 호텔이 있었다.

"여기는 호텔입니다."

가이드가 설명했을 때, 굉장히 놀랐다. 성처럼 보였다(성인 줄 알고 사진을 찍은 건 물론 아무에게도 밝히지 않았다). 그도 그럴 것이 프랑스 성을 모방해서 지었다고 한다. 살짝 들여다본 로비는 굉장히 멋졌는데, 과거 엘리자베스 여왕도 묵었다고 한다.

이 호텔의 아침 뷔페는 어떨까?

검색해보니 메이플시럽을 바른 퀘벡 돼지 베이컨을 먹는 사람이 나왔는데 진짜 맛있겠다!

퀘벡주의 퀘벡은 '강이 좁아지는 곳'이라는 의미라고 가이드가 알려주었다.

캐나다 투어 마지막은 나이아가라 폭포 관광. 몬트리올에서 하늘길로 토론토에. 거기에서 나이아가라 폭포까지 버스로 약 2시간. 알고는 있었지만 캐나다는 참 넓다.

나이아가라 폭포가 쏟아지는 광경을 가까이에서 볼 수 있는 테이블 락. 울타리 너머가 바로 거대한 폭포인데 '응? 이렇게 낮아도 되나?' 싶은 울타리가 쳐졌다.

콸콸 쏟아지는 폭포. 상쾌하다. 하지만 만약 지금 뒤에서 누가 날 안고 울타리 너머로 떨어지기라도 하면…… 하는 불안도 느껴서 눈을 번뜩이며 주위를 살펴보았다. 그런 나와는 정반대로 울타리 옆을 뛰어다니는 각국의 아이들. 으아, 너무 속 편한 거 아니니? 일이 생기면 지켜야 하니까 더욱 눈을 번뜩였다. 그래도 아이들이 들뜨는 기분도 이해할 만큼 역시 폭포는 상쾌했다.

『빨강 머리 앤』을 읽었으니까 프린스 에드워드섬을 알게 되었다. 프린스 에드워드섬에 왔으니까 나이아가라 폭포까지 왔다. 책 한 권이 나를 캐나다까지 데려왔다.

12

타이완
Taiwan

2019년

타이완 일기

'어른의 자유여행'을 이루다!

1일째

배가 고플 겨를이 없다.

이것이 2박 3일 타이완 여행의 감상이다. 먹고 싶은 음식이 하여간 많아서 배부른 게 조금 가시면 먹고 조금 가시면 또 먹고, 이제 가시지 않아도 먹겠다! 그런 식이었다.

2019년, 하네다 공항에서 가을의 타이완으로.

11월 초순 타이완 타이베이는 낮에는 반소매, 밤에는 카디건을 걸치면 딱 좋은 정도였다. 그래도 타이완 사람들에게는 가을 날씨인지, 나는 그럭저럭 더웠는데 낮에도 패딩이나 가죽 재킷을 입은 사람을 제법 봤다.

쑹산 공항에 도착해 MRT라는 지하철을 타고 호텔에 가려고 했다.

1 DAY 카드를 사려고 지하철 창구에 줄을 섰다. 1 DAY 카드는 이름 그대로 24시간 지하철을 마음껏 탈 수 있는 카드(24시간 영업을 하는 건 아니지만)로, 자동 개찰구에서 삑 터치하는 일본의 교통카드와 같은 전자 카드다. 편리해 보여서 사려고 했는데, 살펴보니 3 DAY 카드도 있었다. 창구 직원이 일본어로 된 표를 보여주며 영어로 설명해줬다.

나는 2박 3일이니까 3 DAY 카드를 가리켰다. 그러자 '72시간 카드도 있다'는 안내를 받았다. 3 DAY 카드와 72시간 카드의 차이가 뭐지. 물어보고 싶지만 내 영어 실력으로는 시간이 걸릴 것 같다……. 뒤에 사람들이 길게 줄을 섰으니까 됐다 싶어서 3 DAY 카드를 샀다(약 1,700엔). 나중에 알고 보니 3 DAY 카드는 지하철 이외에 버스도 탈 수 있는 것이었다. 버스에 탈 예정이 없었으므로 나는 72시간 카드 쪽이 정답이었다. 72시간 카드는 약

1,500엔이었다.

아무튼 카드를 얻었으니까 사흘간 지하철을 마음껏 타야지!

날아갈 듯한 기분으로 얼른 삑 하고 안으로 들어갔다.

타이완의 지하철도 일본처럼 노선이 색으로 구분되어서 알기 쉽다. 차이점은 역 구내가 넓다는 점. 플랫폼이 도쿄 지하철의 세 배쯤 된다. 이렇게 넓으니 남들과 부딪칠 일도 적겠다. 실제로 여행하는 동안 플랫폼이나 역 구내에서 소매가 스치는 일도 없었다.

부딪친다는 건 참 신기하다. 아프면 당연히 화가 나는데 아프지 않아도 발끈하게 된다. 아프지 않으니까 괜찮다고 생각하면 될 텐데, 사람은 그렇게 생각하지 못하는 날도 있다. 타이완 지하철은 공간적으로도 인간의 내면적으로도 여유가 있었다. 참고로 지하철 내에서 전화 통화는 괜찮은데 음식 섭취는 금지였다.

쑹산 공항역에서 한 번 갈아타 예약한 호텔이 있는 중산역까지. 과거에 두 번 타이완 여행을 온 적 있는데, 두 번 다 패키지 투어여서 호텔이 번화가에서 멀었다. 이번에는 나 홀로 여행이니까 복작복작한 타이베이 중심지에 묵기로 했다.

체크인을 마친 뒤 일단 두유를 마시러 갔다. 사흘간의 짧은 여행이다. 배가 고픈 채로 타이베이 거리에 뛰어들고 싶었으니까 기내식은 안 먹었다.

타이완 거리에서 흔히 보는 일반적인 두유 가게는 문이 없고 입구에서 조리하는 모습을 볼 수 있으며, 안에는 간소한 의자와 테이블이 놓여 있다. 어느 가게나 메뉴는 비슷한데, 산미가 있는 두유 수프인 시엔또우장, 샤오빙, 샤오룽바오 등 가벼운 타이완 음식을 먹을 수 있는 노점 같은 곳이라고 할 수 있다. 타이완 사람들이 아침 식사로도 많이 먹는 음식인데, 이런 음식을 파는 가게도 밤까지 문을 여는 곳이 많고 24시간 영업하는 곳도 있다.

오후 2시 반. 중산역에서 4~5분 걸리는 '사해두

장대왕^{四海豆漿大王}'으로. 어중간한 시간이라 손님이 적었다. 입구 계산대에서 두유를 주문했다. 무작정 가이드북 사진을 보여주었다. 그러자 가게 직원이 일본어 메뉴를 내밀고 두유 온도를 물었다. 차가운 것, 뜨거운 것, 중간 것을 고를 수 있다고 한다.

흠, 중간은 뭐지? 미지근하려나?

미지근한 건 좀 그러니까 뜨거운 걸로 하자.

뜨거운 것을 주문한 뒤에 알았는데, 상상 이상으로 뜨거웠다. 혓바늘이 벗겨지는 것 아닐까 싶게 뜨거웠다. 적당히 뜨끈뜨끈한 두유를 마시고 싶다면 중간을 골라야 한다는 걸 학습했다. 테이블에 있는 일회용 렌게(국물 요리를 먹기 좋은 우묵하고 큰 숟가락 – 옮긴이)로 후후 불며 두유를 마셨다. 깔끔한 맛이었다.

지하철을 타고 동면역으로.

무슨 일이 있어도 사려고 결심했던 펑리수, 파인애플 파이 가게를 찾아갔다.

길을 하나 잘못 들어 우왕좌왕하면서도 어떻게
든 '수천품사구식방手天品社區食坊'에 도착했다. 이곳의
파인애플 파이는 베이킹파우더나 쇼트닝을 쓰지 않
아 맛이 소박하다고 하는데, 인터넷에서 보고 먹어
보고 싶었다.

주택가에 있는 작은 가게였다. 그런데 일본인 여
성들이 많았다. 파인애플 파이는 길거리 어디에서
나 살 수 있는데 일부러 역에서 먼 여기까지 사러
왔다.

열정적이네!

여기 와 있는 나까지 포함해서 대단하다고 엄지
척. 모처럼 왔으니까 맛있는 걸 먹고 싶다는 열정이
가게 안에 활활 들끓었다.

오른쪽 선반에 파인애플 파이가 쌓여 있었다. 과
한 포장 없이 투명한 비닐에만 들어 있었다. 호두가
든 파인애플 파이도 있었다. 잔뜩 사고 싶었는데 아
무래도 무거우니까 15개쯤 트레이에 담았다(대량 아
니니?). 그밖에 구움 과자와 계산대 옆에 진열된 대추

과자도. 대추에 호두를 끼워 넣었을 뿐인데 이게 어찌나 맛있던지 더 살걸 그랬다고 나중에 후회했다.

아무튼 샀다. 먹고 싶었던 파인애플 파이. 행복해라. 인생이 주는 소소한 보상 같다. 울던 아이가 사탕을 받고 기분을 푸는 것 같은 단순한 기쁨이다. 이번 여행을 오기 전에 잘 안 풀리는 일이 좀 있어서 대체 왜 이러나 고민했었는데, 지금은 생각 자체를 그만두자, 그렇잖아, 지금 파인애플 파이를 샀는걸! 뭐, 이런 기분이었다.

역으로 걸어가면서 냉큼 파인애플 파이를 하나 먹었다. 버터 향이 물씬 입안에 퍼지고 흐물흐물 무너지는 식감. 안에 든 파인애플과 동과 잼은 많이 달지 않고 미끈미끈했다. 이게 쿠키와 상성이 잘 맞아서 정말 맛있었다.

행복한 기분으로 지하철을 타 동면역에서 중샤오둔화역으로.

저녁은 국물 요리다. 여자 셋이서 저녁을 먹자고

약속했다. 모두 도쿄에서 관광하러 왔으나 낮에는 따로 움직인다. 왕복 비행기와 호텔도 따로따로. 저녁만 같이 먹는 어른들의 자유여행이다.

우리가 먹을 것은 대만식 훠궈 수안차이 바이러우. 사람들이 하도 추천해서 호기심 가득이었다. 여행 한 달쯤 전에 가게의 홈페이지로 원하는 날짜와 인원을 일본어와 영어(구글 번역)로 보내자 쉽게 예약할 수 있었다.

외국에서, 그것도 처음 가는 가게에서 약속. 우리 제대로 만날 수 있을까?

중샤오둔화역에서 지도를 한 손에 들고 걸었으나 가게 위치를 모르겠다. 젊은 남자가 있어서 길을 물어보았다. 그 사람은 내 지도를 보고 "OK, 알았어요. 똑바로 가서 왼쪽이요"라고 영어로 알려주고 웃으며 떠났는데, 가게는 똑바로 가서 오른쪽에 있었다. '웨이루圍爐'라는 가게였다.

오후 5시 30분. 시간에 맞춰 모두 도착해서 만났어, 만났어, 타이완에서! 하고 기뻐하며 가게로 들어갔다.

가이드북에 100석이라고 적힌 대로 넓은 가게였다. 우리 세 사람이 안내된 2층 오른쪽 방에는 현지인 가족 이외에 일본에서 온 여행객으로 보이는 여성 2인조.

일단 훠궈 3인분과 기본 반찬 세 가지, 맥주 한 병을 주문했다. 소스가 복도에 다양하게 놓여 있는데, 거기에서 각자 앞접시에 담아 오는 시스템이었다. 기본 세 가지 소스, 거기에 취향에 따라 맛을 조합할 수 있었다. 식초, 라유, 고춧가루, 고수, 파, 설탕, 새우기름 등 13~14종류가 있었는데 가게 직원이 전부 담아도 된다고 했다. 맛이 과연 어떨지 상상이 안 되는데 숟가락으로 잔뜩 퍼서 자리로 돌아왔다. 앞접시가 꼭 머드팩 같았다.

냄비가 나왔다. 중앙에 통이 꽂힌 독특한 형태의 냄비다.

이미 요리는 완성된 상태였다. 잘게 썬 발효 배추가 국물에 대량으로 들어갔다. 또 얇게 썬 돼지고기나 게, 조개 등도 가라앉아 있어서 배추와 함께 젓가락으로 집어 아까 담아 온 소스를 묻혀 먹으면 된다. 배추는 독일의 사워크라우트와 비슷했다. 시큼한 국물 요리다. 진한 소스를 찍으면 산미가 적당하게 중화돼서 혀 위에 절묘한 맛이 사르륵 퍼졌다.

우리는 쉴 새 없이 젓가락을 움직여 먹었다. 옆자리 여성 2인조가 경단을 주문해서 우리도 따라서 새우 경단을 추가했다. 하는 김에 소고기도. 샤브샤브용 붉은 소고기가 나왔다. 나는 처음부터 들어가 있던 비계 많은 돼지고기가 산미와 어울려서 좋았는데 뭐든 다 맛있었다. 메뉴(일본어)에 양고기도 있었다. 새우 경단은 국물에 넣어 끓이자 폭신폭신 부풀어서 식감이 한펜(찐어묵) 같았다.

다음에 여기 또 오면 기본 반찬 없이 경단(오징어나 생선 경단도 있었다)을 토핑하는 정도가 좋을 것 같다.

배부르게 먹고 맥주 한 병, 기본 반찬 세 가지까지 한 명당 약 3,600엔. 계산하고 밖으로 나오자 기다리는 손님이 잔뜩 있었다. 예약 필수. 오픈 시간인 5시 30분부터 노리는 걸 추천한다.

이어서 디저트를 먹으러 갔다(배가 터질 것 같은데도). 가이드북에서 보고 으아아, 먹고 싶어~ 하고 꿈꿨던 타이완의 경단 탕위엔이다. 휘궈 가게에서 걸어서 15분인 린장제 관광 야시장 안에 있는 위핀위엔삥훠탕위엔御品元冰火湯圓이란 곳인데 줄이 길어서 바로 알아보았다.

대충 스무 명은 줄을 서 있었다. 그래도 이럴 때는 어쩐다? 이걸 먹으러 왔다. 망설이지 않고 제일 끝에 섰다.

줄을 서서 뭘 어떻게 먹을지 같이 고민했다. 먹는 방식이 총 여덟 종류나 있었다.

경단 개수는 한 접시 6개로 정해졌다. 갓 만든 따끈따끈한 경단인 것도 기본이다. 그걸 얼음 위에 얹어서 먹을지 따뜻한 수프에 넣어서 먹을지 고를 수 있다. 차갑게 먹을 때 시럽은 계화와 감주 두 종류.

따뜻한 수프는 계화와 감주와 계란감주(더 있었을지도 모른다).

경단 속은 두 종류다. 검은깨와 땅콩. '종합'을 선택하면 검은깨 세 개, 땅콩 세 개로 반반씩. 선택지가 너무 많아서 고민이었다.

우리 순서가 왔다. 가게 직원이 "저 자리에 앉아요" 하고 테이블을 가리켜서 거기 앉았다. 모르는 손님과 함께다.

모처럼 왔으니까 뜨거운 것과 찬 것을 다 주문해서 셋이서 두 접시를 먹기로 했다. 상의한 결과 '종합×계화×찬 것'과 '종합×감주×뜨거운 것'. 가게에 붙은 표로 따지면 7번과 8번을 주문했다. 둘 다 한 접시에 약 360엔.

주문하자 청년이 곧바로 자리까지 가져다주었다. 돈은 나가면서 앞에서 내는 방식이었다.

갓 찐 새하얀 쌀 경단. 먹음직스럽게 반지르르 빛났다.

빙수 경단부터 먹었다. 얼음 위에 달콤한 계화 시

럽이 올라갔다. 금계목 꽃이 포슬포슬 얼음 위에 흩어져서 따끈따끈한 경단과 함께 입에 넣자 꽃향기가 물씬 퍼졌다. 정말 대단한 음식이다.

검은깨는 크리미. 땅콩은 진하고 꼭 콩가루 맛 같았다. 쌀 식감이 남은 경단에는 검은깨도 땅콩도 전부 잘 어울렸다.

이어서 뜨거운 것. 감주맛 수프는 '그야말로 술'이었다. 알코올 도수가 제법 세다. 어른의 맛이다. 취향은 갈릴 테지만 이건 이것대로 맛있었는데, 나는 단연코 감주보다는 계화 시럽. 한 접시만 주문한다면 땅콩 경단만 먹어도 되겠다고 모두의 의견이 일치했다. '땅콩×계화×찬 것'이 최강 조합이라는 결론을 내렸다.

연신 맛있다고 재잘거리는데, 앞에 앉은 현지인 남녀 3인조 손님이 얼음을 리필할 수 있다는 정보를 제스처로 알려주었다. 가게를 둘러보자 차가운 것을 주문한 사람이 '얼음 추가'를 하고 있었다.

좋았어, 나도 추가해야지, 하고 그릇(경단은 이미

타이완의 경단 탕위엔

금계목 꽃향기가 입을 가득 채운다.

다 먹었다)을 점원에게 가져가자, 얼음을 서걱서걱 갈아주었다. 게다가 계화 시럽은 마음껏 뿌려도 된다. 가게 밖에 줄이 길게 서 있는데도 얼마든지 해줬다. 웃으며 접객하진 않아도 다들 무덤덤하게 친절했다. 신나서 두 번째로 추가하러 갔더니 "레몬주스, 레몬주스" 하고 다른 맛까지 추천해줬다.

레몬주스란 레몬을 그대로 짠 것. 거기에 계화 시럽을 뿌려 먹자 절묘하게 상큼한 빙수였다.

"이렇게 상큼한 빙수가 일본에도 있으면 좋겠다."

다 같이 고개를 끄덕끄덕.

반쯤은 노점 같은 떠들썩한 가게에서 먹는 경단. 디저트 가게인데 밤에만 영업한다니 꼭 마법 나라 이야기 같다.

나, 죽기 전에 이거 한 번 더 먹고 싶어.

그렇게 생각하며 가게를 나왔다.

타이베이 이곳저곳에서 열리는 야시장. 예전에 제일 유명한 스린 야시장에 친구와 함께 간 적이 있는데, 너무 규모가 커서 도중에 질렸다. 야시장은 이제 됐다고 생각했는데, 경단 가게가 있는 린장제 야시장은 그렇게 크지 않아서 느긋하게 둘러보기 딱 좋았다.

야시장에서 나와 신이안허역에서 지하철을 타고 숙소가 있는 중산역까지 갈아타지 않고 쭉.

마무리로 커피를 마시려고 조금 걸어서 '삼고사 가배관San Coffee'에. 타이완 커피콩을 취급하는 카페다. 폐점인 10시까지 1시간, 밤의 커피 타임이다.

카페는 길모퉁이 1층에 있어서 길을 오가는 사람이 잘 보였다. 안쪽은 카운터 자리. 목제가구가 많은 차분한 인테리어다.

'삼고사 가배관'의 따뜻한 커피는 귀여운 세트로 나온다. 나무 트레이 위에 올라간 내열 유리잔에 담긴 따뜻한 커피. 그 옆에 얼음물이 든 잔. 잔에 시험관이 꽂혔고 안에 커피가 담겼다. 뜨거운 커피를 아이스 커피로 맛볼 수 있었다. 같은 커피도 온도에 따라 미각이 달라지고 차가우면 산미가 날아간다. "오오, 재밌어~" 하고 과학 실험하는 것처럼 즐겼다.

커피를 마시며 다 같이 수다를 떨자 꼭 도쿄에 있는 것 같았다. 유럽여행과 달리 의자 높이나 테이블 높이도 평상시와 같다. 길거리에도 한자 간판이 있으니까 일본에 있는 기분이 들어서 점원에게 무심코 일본어로 질문한 적이 몇 번이나 있었다.

내게 주는 선물로 타이완 커피를 살까 잠깐 생각했는데 그만뒀다. 나는 이제야 나 자신을 알았다. 커피의 미묘한 차이를 잘 모른다는 사실을 이제는 안다.

커피는 좋아해서 매일 마신다. 일단 선호하는 맛도 있다. 산미가 적은 커피다. 그러나 그게 다이고 대부분 어느 거나 다 맛있게 느낀다. 슈퍼마켓에서 산 커피도 맛있고, "이거 맛있으니까 드셔보세요" 하고 받은 커피도 맛있다. 그러니까 굳이 여행 와서 살 것까진 없지, 짐이 되니까, 이런 기분이었다.

커피 하니까 생각났는데, 전에 오키나와 나하에서 맛있다고 평판이 자자한 카페에서 이런 일이 있었다.

싹싹한 카페 주인이 말했다.

"아까 스타벅스에서 커피를 마셨는데요, 역시 스타벅스 커피는 맛있더라고요."

그런 느낌이 왠지 참 좋았다.

카페에서 돌아오는 도중에 발 마사지를 받았다. 빌딩 1층의 가게에 예약도 없이 들어갔다. 밖에서 시술하는 모습이 잘 보이니까 괜찮겠지?라는 생각에 결정했다.

내 담당은 여성 직원이었다.

"아파요? 여기가 아프면 허리네."

일본어로 가르쳐주었다. 기분 좋은 아픔으로 시작해 후반에는 무작정 아프기만 한 아픔. 40분에 약 2,000엔. 예전부터 신경 쓰였던 발바닥의 뭉침이 많이 풀어졌다.

토요일이어서 밤 11시가 지났는데도 거리에 사람이 많았다. 여름 축제 날 밤 같았다.

이런 여행, 적당하고 좋네.

먹고 싶은 것, 사고 싶은 것, 가고 싶은 곳.

여자 셋, 그게 전부 다르니까 이렇게 저녁 먹을 때만 집합하고 해산해서 마음 편했다. 내일부터는 또 따로 여행. 나는 이제 막 와서 이틀 남았지만 둘은 하루 전에 왔으니까 내일이면 귀국. 돌아가는 시간도 다 다르다.

자유로워~.

"그럼 일본에서 또 봐!"

기운차게 헤어진 타이베이의 밤이었다.

첫날 산 3 DAY 카드.

실험 같았던 커피 세트.

DAY 1

발효 배추가 들어간
시큼한 국물 요리. 걸쭉한 소스로.

무거워.

파인
애플
파이.

이동이
간편해.

타이완 여행은
작은 캐리어로
다녀왔어요!

타이완에서 카고백을 사서
바로 쓰는 여행자를 자주 봤어요.
괜찮을 것 같아!

2일째

아침으로 반드시 먹겠다고 다짐한 게 있다. 채소 만두다. 인터넷에서 보고 무슨 일이 있어도 먹겠다고 잔뜩 기대했다.

지하철을 타고 국부기념관역으로. '광푸시장 소식포자점光復市場素食包子店'이라는 채소 만두 가게로 갔다. 이른 아침부터 오후까지 영업하는데, 월요일은 휴무여서 나는 일요일인 2일째 아침이 유일한 기회였다.

있다. 가게 앞에 대여섯 명이 줄 서 있는 게 보였다. 멀리서도 채소 만두를 찌는 하얀 김이 보여서 벌써 맛있을 것 같았다.

타이완에서는 수시로 줄을 섰는데, 차례를 빼앗기거나 중간에 누가 끼어드는 일은 없었다. 이 가게에서 바로 뒤에 선 할아버지에게 딱 한 번 새치기를 당했다. 뭐, 이 정도는 애교다. 단골로 보이는 할아버지는 가게 여성들과 즐겁게 대화를 나누고 커다란 채소 만두를 다섯 개쯤 사서 갔다.

내 차례가 와서 명물인 '설채 만두'를 하나 샀다. 사진이 있으니까 손가락으로 가리키면 된다. 두유도 사고 싶었는데 그건 사진이 없어서, 어물거리는 것도 좀 그러니까 단념했다. 이럴 때 바로 말할 수 있게 단어를 기억해둘 걸 그랬다고 후회했다. 마시고 싶었던 차가운 두유는 '힌또우장'이었다. 힌이 차갑다, 또우장이 두유라는 뜻이다.

비닐봉지에 담아준 채소 만두는 소프트볼 공 정도로 컸다. 하나에 약 100엔. 도롯가에 벤치가 잔뜩 있어서 가로수 아래 벤치에 앉아 먹기로 했다. 언뜻 보니 일본인으로 보이는 여성 관광객 5인조도 앉아서 먹고 있었다. 나도 그렇지만 식탐꾼들의 행동력에는 정말 감탄이 나온다. 저들도 새벽 같이 지하철을 타고 여기까지 왔을 게 분명하다.

채소 만두를 먹었다. 새하얀 만두피는 찐빵처럼 따끈따끈. 구수한 김이 얼굴 주변을 맴돌았다.

안에 든 재료는 설채, 이 나라 말로는 쉐리홍이라는 채소. 소송채와 비슷하다. 그걸 다른 채소와 함께 다지기의 극한을 추구할 정도로 다져서 대체 뭐가 들어갔는지 모를 정도인데, 고기는 안 들어갔다. 채소만 들어간 건강 식품이다. 맛은 연하다. 처음에는 좀 부족하다는 느낌이었는데 먹다 보니 채소 본연의 맛과 단맛이 입안에 사르륵 퍼져서 맛있어, 맛있어, 어떡해, 대박 맛있어, 하고 흥분했다. 립스틱도 지우고, 아무것도 신경 쓰지 않고 우걱우걱 먹는 게 최고다.

아쉽게도 하나만 먹어도 배가 빵빵해졌다. 다른 맛을 먹어볼 수 없다. 내일도 또 먹고 싶지만 월요일은 가게가 쉰다. 더 먹고 싶은데, 하고 벤치에 멍하니 앉아 있다가 문득 깨달았다. 아까부터 내 앞으로 쇼핑카트를 미는 사람들이 오갔다.

왼쪽에서 오는 사람들은 빈 카트. 오른쪽에서 오는 사람은 채소를 담은 카트.

그렇다면 오른쪽에 틀림없이 뭔가 있다. 벌떡 일어나 오른쪽으로 가는 사람들을 쫓아가자 작은 아침 시장이 열렸다. 채소나 과일 중심이고 옷 같은 것도 조금 팔았다.

타이완에 푹 빠지는 사람들은 바로 이런 점에 반하나보다. 도시인데 골목으로 들어가면 아침 시장이 있고 노점이 있다. 과거와 미래를 오가는 듯한 신비로운 즐거움.

아침 시장을 훌쩍 둘러본 후, 우연히 발견한 분위기 좋은 카페에서 잠깐 쉬었다. 두유라떼를 마시며 앞으로 여정을 확인했다.

이제 지하철로 다음 역에 가서 또우화를 먹을 것이다. 또우화는 두부 디저트다. 설채 만두로 배가 터질 것 같지만 디저트 배는 따로 있고, 두부는 꼭 고체라고 할 수는 없고 생각하기에 따라 스무디한 액

체다. 응, 그럼 괜찮아.

또우화를 먹기 위해 국부기념관역에서 타이베이 시청역으로. 요리 연구가 우치다 마미의 『사적인 타이베이 취향 수첩』이라는 책에 실린 또우화 사진을 봤을 때부터 궁금했다.

역에서 6~7분 정도 걸었을까. 타이베이 거리에서 흔히 보이는, 빨간색과 노란색에 흰 바탕의 한자가 복작복작하게 적힌 점포가 보였다. 젊은 남자가 가게를 지켰다. 미리 적어온 노트 메모를 보여주었다. '설탕물, 또우화, 땅콩'. 달콤한 수프에 또우화와 땅콩이 들어간 것을 먹고 싶다는 의사표시다. 말이 통했다. 친절한 사람이었다. 비슷하게 생긴 남자가 한 명 더 있었으니까 형제일지도 모른다. "아이스?"라고 물어서 "예스" 하고 대답하자 자잘한 얼음을 위에서 우르르 쏟아주었다. 차가운 또우화는 좋지만 얼음까지는 필요 없었다. '아이스'가 얼음을 말한다는 걸 배워서 좋았다. 다음부터는 "노 아이스"라고 해야지. 이렇게 타이완을 배워간다고 생각하며 자리에 앉았다. 주방처럼 생긴 가게는 간소한 테이블이 두세 개 있을 뿐이었다. 오전 11시의 손님은 나 혼자. 테이크아웃 손님이 대부분이다. 오토바이를 타고 온 사람이 몇 개를 사서 돌아갔고, 동네 사람이 하나만 사서 돌아갔다.

얼른 먹어보았다. 두부는 매끈매끈 부드러웠다. 두부에 단맛이 없고 수프는 은은하게 달았다. 토핑인 삶은 땅콩과도 잘 어울렸다. 덮밥 그릇에 넘칠 듯이 양이 많으니까 녹두나 경단, 토란 등을 토핑하면 점심으로도 좋을 것 같다. 한 그릇에 80엔. 그렇군, 이게 또우화구나. 맛있다. 이 가게를 기준으로 삼아 내 취향을 찾아봐야지.

나가려는데 점원이 포인트카드를 줬다. 도장이 하나 찍혔다. 딱 봐도 여행자인 나한테 줘서 기뻤다. 고맙다고 인사하고 가게를 나왔다.

이어서 지하철을 타고 디화제로 갔다.

일본으로 말하면 차이나타운 같은 지역이다. 도

로 양쪽에 기념품 가게나 음식점이 쭉 있어서 기념품을 좋아하는 내가 안 즐거울 리 없다.

건어물 가게, 찻집, 다도구점. 산책하며 두리번두리번 걸었다. 작은 서점도 있었다. 가게 보는 사람이 계산대에서 책을 읽고 있었는데, 돌아오며 지나칠 때도 여전히 조용히 책을 읽고 있었다. 책을 읽는 사람의 모습은 나라가 달라도 아름답다.

'고건통점高建桶店'이라는 카고백 가게로 일본에서 온 관광객이 우르르 몰려들었다. 포장용 플라스틱 끈으로 엮은 컬러플한 카고백을 노리는 여성들이다. 사이즈도 다양해서 사방에 눈이 가느라 고르기 어려울 정도다. 잔뜩 사는 사람도 있었다. 선물을 넣어서 주면 좋겠다 싶어 미니사이즈 붉은 카고백(약 160엔)을 하나 샀다.

골목에 또우화 가게가 있어서 쉴 겸 들어갔다. 두유 또우화를 주문. 두유는 간이 살짝 달고, 두부는 목면두부처럼 몽글몽글한 식감이었다. 또우화도 가게에 따라 조금씩 달랐다. 아침에 먹은 또우화는 매끈매끈 연두부 같았다. 다만 양이 많은 건 공통이어서 한 사발 가득. 취향을 말하면 나는 매끈매끈 쪽이다.

또우화를 먹고 30분쯤 디화제를 둘러보고 걸어서 '정사다서원^{淨斯茶書院}'이라는 찻집에 갔다. 또우화를 먹어서 그럭저럭 배가 불렀으나 미엔차라는 디저트를 꼭 먹고 싶었다.

『사적인 타이베이 취향 수첩』에 따르면, 미엔차는 밀가루에 유분과 설탕을 넣어서 구운 것으로 이 가게에서 파는 미엔차에는 견과류나 말린 과일도 들어간다고 한다. 사진으로는 갈색 죽처럼 보였다. 어떤 맛인지 궁금해! 적극적으로 가게에 들어갔다.

자리에 앉았다. 차와 식재료를 파는 공간 옆에 카페용 자리가 몇 석 있는 가게다. 고급스러운 분위기인데 점원이 신선처럼 온화했다.

미엔차 세트를 주문했다(메뉴 가리키기). 차를 고르라고 해서 타이완 홍차를 골랐다.

나왔다. 대망의 미엔차. 커다란 찻사발 가득 들었

다. 렝게 숟가락으로 퍼서 먹는다. 맛은 콩가루 비슷했다. 까끌까끌한 식감. 은은하게 달고 칡처럼 걸쭉하다. 감기로 드러누운 날 먹으면 기운이 날 것 같다. 음음, 이게 미엔차구나. "맛있어, 최고야!" 하고 펄쩍 뛰며 먹을 디저트는 아니고 흠흠, 과연 그렇군, 하고 맛보는 어른의 디저트다. 의외로 갓난아기가 좋아할지도. 미엔차를 확인해서 만족했다. 홍차는 뜨끈뜨끈 대량으로 나왔다.

여행 일정을 차곡차곡 진행했다. 지하철 베이먼 역에서 역 하나, 숙소도 있는 번화가 중산역으로. 역에서 걸어서 7~8분인 타이베이 당대 예술관에 갔다. 현대미술을 다루는 미술관이다.

이벤트인지 이날은 관람료가 무료였고 젊은 작가의 전시회가 열렸다.

요즘 젊은 작가의 현대미술 작품은 대부분 영상물이다. 나는 입체작품이 좋아서 살짝 서운하지만 그게 세상의 흐름이니 받아들이지 않으면 즐기지 못한다.

재미있는 작품이 있었다. 방 안에 회전의자가 몇 개 있고, 그 위에 스마트폰이 세팅된 VR 고글이 놓여 있었다. 그걸 쓰면 가공의 행성에 갈 수 있다고 한다. 순서를 기다려서 해봤다. VR 고글을 썼다. 하늘에 당장이라도 떨어질 것처럼 커다란 별이 떠 있었다. 주위를 둘러보자 바위산과 호수가 있는 곳. 알 수 없는 생명체가 동동 떠 있었다. 여긴 어디? 나는 누구? 회전의자에 앉아 빙글빙글 돌며 가공의 우주를 빙글빙글 돌았다.

이런 작품을 보면 왠지 미래가 사랑스럽게 느껴진다. 100년 후의 현대미술은 어떨까? 아쉽지만 나는 볼 수 없다. 아무리 바둥거려도 불가능하다. 분통이 터진다. 분하지만, 그래도 이 최신 VR 고글 작품을 만든 젊은 작가들도 못 볼 거라고 생각하면 순응할 수 있다. 시대는 순서대로 찾아온다.

응, 그래도 재밌었어, 즐거웠어, 하고 생각하며 미술관을 나왔다. 여행 일정에 미술관을 넣으면 기분 전환이 되니까 좋다. 잔뜩 들뜬 기분이 조금 진정된다.

오후 5시를 넘긴 시각. 이른 아침부터 걸어서 지쳤다. 일단 호텔에 돌아가서 잠깐 쉬었다.

실내복으로 갈아입고 침대에 벌러덩. 가이드북을 팔랑팔랑 넘기며 '깜박하고 못 먹은 게 있나?' 하고 생각하다가 잠이 들었다.

약 1시간쯤 늘어지게 자고 일어나자 해가 저물었다. 호텔 방에서 따뜻한 홍차를 마신 뒤 느긋하게 간 곳은 걸어서 10분인 동네 슈퍼마켓.

장바구니를 들고 여기에 사는 나로 빙의해 상품을 구경하는 게 즐겁다. 여행자는 사도 가져갈 수 없는 냉동식품. 고기나 생선. 구경해도 소용없는데 계속 보게 된다. 한 바퀴 정탐하고 '김초밥맛 감자칩' 등을 사서 중산역 근처 '성품생활' 매장으로 갔다. 일본에서도 화제가 된 타이완의 세련된 서점이다. 잡화나 고급 식재료를 팔고 지하에는 푸드코트도 있다.

타이완 브랜드 옷 가게도 많았다. 문득 생각했다.

'뭔가 좀 사볼까?'

가게에 들어가자 느낌 좋은 여성 점원이 있었다. 용기를 내 영어로 말을 걸었다. 내게 어울릴 옷을 골라줄래요? 나와 점원의 영어 수준이 비슷해서, 서로 단어와 제스처를 구사해 대화했다.

나는 결정했다.

오늘 밤은 내 취향보다 이 점원이 선택한 옷을 사겠어!

그것도 위아래 다 사야지.

점원은 까만 바탕에 하얀 물방울무늬가 있는 블라우스와 데님 와이드팬츠를 골라줬다. 땡큐, 땡큐, 돈을 냈다. 타이완 여성 점원이 골라준 옷이 내게 주는 선물이다.

그 후, 식재료 매장에서 타이완 인스턴트 비훈 면 등을 사고, 같은 층에 있는 캐주얼한 레스토랑에서 저녁을 먹었다.

일본어 메뉴도 있었다. 무인양품 카페 같은 분위

기. 밥, 된장국, 반찬이 세트이고 메인 반찬을 고를 수 있다.

메인은 참마 탕수육을 골랐다. 맛은 케첩 풍미. 다양한 과일이 들어갔다. 파인애플은 이해하겠는데 키위도 들어갔더라. 아니, 사과까지. 아삭아삭하다. 타이완 스타일인지 이 가게 스타일인지 모르겠지만 과일 느낌 가득한 탕수육이었다. 여성 혼자 온 손님도 많았다. 넓은 카페에서 느긋하게 1,200엔 정도 하는 정식을 먹고 싶은 사람에게 적합한 가게였다.

이번에 묵은 호텔은 무리해서 '리젠트 타이베이'. 일본어를 할 줄 아는 스태프가 상주해서 체크인도 편리했다. 호텔 입구까지 언덕길은 자동차 출입이 많아 위험하지만 방은 청결하고 침대도 넓다.

2일째 아침에 조식 뷔페를 살펴봤는데, 딤섬이 다양하고 호화로웠다. 럭셔리한 여행을 온 사람에게 잘 맞는다. 다음에 타이베이에 또 온다면 조금 저렴하고 마음 편한 호텔에 묵어야겠다.

내일 귀국이니까 밤에 간단하게 짐을 꾸렸다.

2박 3일로도 충분히 만끽할 수 있다는 걸 깨달아서 타이완 여행에 흠뻑 빠질 것 같았다.

DAY 2

설채 만두

채소 듬뿍. 소프트볼 공 정도로 크다.

서둘러.

\ 언젠가 또 먹고 싶어! /

이거요.

미엔차

카페에서 먹은 타이완의 전통 밀가루 디저트 '미엔차'.
견과류와 말린 과일도 들어갔다.

타이완의 컬러풀한 카고백.
고민하기 시작하면 끝이 없다.

차가운 또우화.
우리 집 근처에 있으면 좋겠다.

3일째 마지막 날

귀국 비행기가 오후 5시경이니까 반나절은 관광할 수 있었다. 오전 8시 넘어 체크아웃하고 캐리어를 프런트에 맡기고 거리로 뛰어나갔다.

아침을 먹으러 '사해두장대왕'에. 첫날 격렬하게 뜨거운 두유를 마신 그 가게다.

가게에 줄이 길게 섰다. 타이완은 아침을 밖에서 먹는 사람이 많아서 인기 있는 두부 가게는 어디나 줄이 생긴다.

제일 끝에 서서 기다렸다. 그런데 잘 보니 줄이 두 줄이었다. 혹시 내가 선 줄은 테이크아웃 줄인가? 뒤에 선 여성에게 "테이크아웃?" 하고 묻자 그렇다고 해서 다른 줄에 다시 섰다. 보기보다 회전이 빨랐다. 점원이 "저기 앉아요" 하고 가리킨 자리는 1번 테이블. 냄비가 서너 개 놓인 조리대 같은 자리였다.

'응? 여기가 자리야?'

놀라서 앉았는데 1인석이라 의외로 괜찮았다. 주문은 입구에서 주는 일본어 메뉴를 느긋하게 살펴보고 정하면 되니까 허둥거리지 않아도 된다.

주문표의 '시엔또우장' '힌또우장' '요우티아오'에 체크해서 계산대의 점원에게 주러 갔다. 잠시 후 점원이 내게 손짓했다. 갔더니 주문한 품목 전부 트레이에 담겨 있었다. 거기에서 돈을 내고 자리로 가져오는 시스템이다.

"잘 먹겠습니다."

조용히 말하고 먹기 시작했다. 달고 차가운 두유 힌또우장이 위장 안으로 스르륵 미끄러졌다. 시엔또우장은 따끈따끈한 두부 수프 같은 음식이다. 짭조름하고 산미가 있고, 찢은 요우티아오가 들어 있다. 요우티아오는 기름으로 튀긴 밀개떡이다. 거기에 두유 수프가 촉촉하게 스며들어서 흐물흐물 혀 위에서 녹아내렸다. 가이드북에 실린 시엔또우장 사진에 요우티아오가 들어 있어서 따로 주문했는데 원래 들어 있었다. 그래서 나는 더블 요우티아오다. 아침부터 이런 튀긴 음식을 먹어도 되나…… 하고 생각했지만, 따끈따끈한 요우티아오는 단품으로 먹어도 바삭하고 맛있다. 다 해서 400엔 정도. 국물 요리라 배가 충분히 불렀다.

타이완식 아침을 먹고 중산역에서 한 정거장인 쑹롄역의 아침 시장을 보러 갔다. 공원 옆 좁은 골목 양쪽에서 다양한 음식을 팔았다. 아침 시장도 두 번째니까 대충 둘러보고 만족했다.

근처에 대형 생활용품점이 있어서 들어갔다. 식기 코너에는 집에서 쓰기 좋은 저렴한 찻잔이나 접시가 있었고, 알루미늄 렝게 숟가락이 하나에 40엔 정도. 타이완 트럼프카드와 함께 렝게 숟가락을 선물로 몇 개쯤 사고 지하철로 중산 역에 돌아오자 오후 1시였다.

앞으로 약 1시간 안에 공항으로 떠나야 한다.

배는 전혀 고프지 않았지만 마지막으로, 마지막으로 뭔가 먹고 싶어! 그래서 또 '사해두장대왕'에 가서 또또 시엔또우장을 주문했다. 뭔가 대단한 맛은 아닌데 적당한 산미가 중독성 있다. 얇은 파이 같은 구운 떡도 주문해서 수프에 찍어 먹었다. 배가 고팠다면 더 맛있었겠지. 너! 무! 먹! 었! 어! 후회하면서 호텔로 돌아와 짐을 찾아 공항으로.

3 DAY 카드는 최고로 편리했다. 돈을 충전하는 카드도 있는데 나는 마음껏 탈 수 있는 패스 쪽이 성향에 맞는다. 모처럼 왔으니까 여기저기 가보자! 긍정적인 기운이 상승한다.

일찍 쑹산 공항에 가서 게이트 옆 마사지 가게에서 발 마사지를 45분간 받고 산뜻한 기분으로 탑승. 비행기가 날아오른 것도 모를 정도로 푹 자고 순식간에 하네다에 도착했다.

DAY 3

온도는
중간을 선택합시다.

뜨거워!

두유 가게의 간판

사해두장대왕의 두유 가득 아침밥.

저렴하고
빨리 나오고 맛있어.

12. 타이완

아침 시장에서 본
베이비 카스텔라

갓 구운 거~

너무
귀엽다.

오
토
바
이

13

한국
Korea

비 오는 날은 부침개를 먹어요

한국 서점 이벤트에 초청받아 편집자와 함께 비행기를 탔다. 2014년, 거리의 은행나무가 금빛으로 반짝이기 시작한 계절이었다.

서울 시내의 서점을 둘러보고, 번역본 사인회도 열었다. 아무도 안 오면 서점 직원분들에게 죄송해서 어쩌나 걱정했는데, 당일에 이른 아침부터 많은 분이 오셔서 줄을 서주었다.

"여기에 일러스트를 그려주세요."

집에서 이런저런 개인 물건을 가지고 온 분도 있었다. 수첩, 티셔츠, 천 가방. 책 이외에는 사인하지 않는 게 규칙이었던 것 같은데, 요청대로 가지고 온 물건에 전부 사인했다. 내 일러스트를 좋아해준다면 더없이 기쁘고, 또 다양한 물건에 그림을 그리는 게 단순히 즐거웠다.

기타를 안고 온 남성도 있었다.

"네? 제 일러스트를 그려도 괜찮아요?"

걱정해서 나도 모르게 통역해주시던 분에게 확인해달라고 했다. 괜찮다고 해서 요청대로 유성 매직으로 『수짱』이라는 만화 시리즈의 캐릭터를 그렸다. 지겨워지면 지울 수 있을 테고, 아무튼 독자가 굉장히 기뻐해서 안심했다. 각종 선물을 받아서 귀국하는 여행 가방이 어찌나 빵빵하던지!

신문과 잡지 취재가 빡빡했는데, 한국 에이전시 직원분이 시내를 산책하는 시간도 마련해줘서 같이 점심을 먹고 카페에도 갔다. 스태프 모두 여성이어서 여자들 모임 같아 즐거웠다.

카페에서 재미있다고 생각한 사건이 있었다.

한국인인 출판사 여성 둘, 일본인인 나와 편집자. 네 명이서 케이크를 먹기로 했다.

"미리 씨, 뭐가 좋으세요?"

한국인 스태프가 물어봐서 나는 내가 먹고 싶은 케이크를 골랐다.

잠시 후 테이블에 주문한 음식이 나왔다. 케이크 두 개와 아이스크림 하나. 총 세 개. 여기 있는 사람은 여성 넷.

한 명은 디저트를 안 먹나보다 생각했는데 그게 아니고, 한국에서는 한 명이 디저트 하나를 먹기보다는 다양하게 주문해서 다 같이 나눠 먹는 게 일반적이라고 한다.

그래서 반대로 일하러 일본에 와서 카페에 갔을 때는 놀랐다고 했다.

"일본 여성분들, 혼자 케이크 하나를 먹으면 배가 부르지 않나요?"

듣고 보니 배도 부르고 살짝 죄책감을 느끼기도 한다. 그런 것까지 포함해서 케이크라고 생각했었다. 외국에서 이렇게 문화 차이를 접할 때면 두근거린다!

넷이서 디저트 세 개를 먹으며 화기애애한 간식 타임. 옆자리를 보자 넷이서 케이크 두 개를 먹는 그룹도 있었다.

또 다른 차이라고 하면, 한국인 스태프가 이런 질문을 했다.

"일본에서는 비 오는 날에 뭘 먹어요?"

"비 오는 날에 먹는 음식요?"

나는 질문의 의미를 이해하지 못했다.

들어보니 한국에서는 비 오는 날 부침개를 많이들 먹는다고 한다.

비가 오면 어머니가 늘 부침개를 부쳐줘서 "빗소리를 들으면 부침개가 먹고 싶어져요"라고 질문했던 스태프가

누에고치처럼 생긴
설탕 과자.
안에는 견과류 등이
들었다!

'꿀타래'

이것도
맛있었어.

아
삭
아
삭

말했다.

"일본에는 비 오는 날 꼭 먹는 음식은 따로 없어요."

내가 대답하자 놀란 표정을 지어서 귀여웠다. 빗소리로 그리워지는 요리가 있다니 너무 멋지다.

비 오는 날이라고 하면, 어린 시절에 착각한 게 있다.

시인이자 가인 기타하라 하쿠슈의 '비 오는 날'이라는 동요. 거기에 '자노메'라는 단어가 나온다. 당연히 '자노메 가사(중앙과 둘레를 감색이나 적색으로 칠하고 중간은 백색으로 칠하는 형식의 우산 – 옮긴이)'의 줄임말인데, 어렸던 나는 '자노메 재봉틀'을 말한다고 생각하고 동요를 불렀다.

엄마가 '자노메'로 마중하러 와줬다는 노래가 내 머릿속에서는 엄마가 '자노메 재봉틀' 가게 앞까지 마중을 와준 노래가 됐다. 집 근처 '자노메 재봉틀' 가게에 마침 비를 피하기 좋은 차양이 있었다.

그 가게 아래라면 엄마도 비를 맞지 않고 나를 기다릴 수 있겠지.

어린이는 어린이 나름대로 부모를 걱정한다.

아무튼 한국 이야기로 돌아와서, 일로 방문하기 전에 관광하러 온 적이 있다.

예정 없이 서울 시내를 이리저리 돌아다녔다. 처음 온 나라여서 뭐든지 다 새로웠다. 거리 곳곳에 선 작은 노점. 통근 중인 여성이 슬쩍 들러서 오뎅 꼬치를 먹는 모습을 보고 반했다. 멋있어!

부럽다, 부럽다, 노점 문화.

가게에 들어가서 식사할 시간이 없지만 뭔가 조금 먹고 싶다…… 그럴 때 이런 노점이 딱이다. 시부야 거리에 입식 오뎅 노점이 상설로 선 모습을 상상하고 황홀해졌다.

머무는 중에 맛있는 과자와 만났다. 해바라기 씨에 초콜릿을 입힌 소박한 과자. 한 봉 사서 호텔 방에서 먹고 꽂혔다. 아작아작, 아작아작, 멈출 수가 없다.

건강에도 좋으니까 선물로도 괜찮겠는데? 몇 봉지 더 샀는데 누굴 준 기억은 없으니까 내가 다 먹었을 것이다.

그래서 일로 찾은 두 번째 한국에서 "뭐 사고 싶은 거 있으세요?"라고 스태프가 물었을 때, 나는 즉각 대답했다.

"해바라기 씨에 초콜릿을 입힌 과자를 사고 싶어요. 팔까요?"

스태프들은 김이 샜다는 듯이 대답했다.

"어디서나 다 팔걸요?"

예전부터 있는 과자라고 한다.

편의점에 갔더니 팔고 있었다. 해바라기 씨 초콜릿.

"이거예요, 이거. 저 이거 엄청 좋아해요."

기뻐하는 나를 보고 다 같이 기뻐해줬다.

사인회에 온 독자에게 받은
귀여운 선물.

14

체코
Czech

프라하 교회에서 모차르트를

체코 헌책방을 둘러보는 취재를 다녀온 적이 있다. 수도 프라하에는 그림책을 다루는 헌책방이 아주 많았고 가게 앞에 상자를 내놓고 잔뜩 팔고 있었다. 체코 그림책은 화집 처럼 아름다운 것도 많아서 이것도 저것도 갖고 싶어졌다.

프라하 역 근처의 대형 헌책방은 수천 권이나 되는 책을 컴퓨터로 관리하는지, 이런 그림책을 찾고 있다고 메모를 건네자 점원이 척척 찾아서 꺼내줬다.

"당신이 찾는 거 이거 아닐까?"

심지어 5밀리미터 두께의 얄팍한 그림책이어서 이 안에 서 이런 걸 어떻게! 하고 감탄했다.

체코의 국민 화가 요제프 라다가 태어나고 자란 후루시 체라는 마을도 방문했다. 라다는 많은 그림책을 남겼는데, 그가 그린 의인화한 동물들이 정말이지 귀엽다. 일본에서 도 크리스마스 시즌이면 가게 앞에서 라다의 그림이 그려 진 초콜릿을 파는 걸 보곤 한다.

후루시체는 프라하에서 열차로 1시간 정도. 역에서부터 숲속 같은 길을 걸어간다. 가는 도중에 사람과 거의 마주치지 않아서 진짜 괜찮을까…… 하고 걱정했는데, 가이드북에 '역에서 2킬로미터, 산길을 대략 1시간 정도 걷는다'라고 적혀 있었으니까 그저 전진할 뿐이었다.

숲을 빠져나오자 마을이 보였다. 거리 안내판에 라다의 일러스트가 그려졌고, 교회와 학교, 가게 등이 푸르름 사이사이에 드문드문 있었다. 라다의 그림책 속 같은 소박한 마을을 산책하며 목적지인 '요제프 라다 기념관'에 갔다. 라다의 그림이 전시된 작은 미술관이다.

일본에서 머나먼 동유럽 체코. 수도 프라하에서 열차를 타고 약 1시간, 게다가 숲을 도보로 약 1시간. 그렇게 도착한 작은 마을에 있는 작은 미술관의 음성 가이드에 '일본어'가 있어서 깜짝 놀랐다. 라다의 원화를 느긋하게 보고 기념품 코너에서 라다 굿즈를 사서 다시 숲을 1시간 걸어 열차를 타고 프라하에 돌아왔다.

취재지만 나도 편집자도 처음 가본 체코. 내 돈을 내고 왔으니까 일이라기보다 여성끼리 동유럽 여행 같다.

둘러보면서 알았는데 프라하 거리는 관광하기 좋다. 명

소가 떨어져 있지 않아서 걷기 편한 신발만 있으면 프라하성, 구시청사 광장 등을 일사천리로 돌아볼 수 있다.

나이를 먹어서 해외여행을 와도 프라하라면 마음껏 즐길 수 있겠다.

여행하는 동안 무의식적으로 이런 생각을 하는 내가 있었다.

이 언덕길이라면 괜찮아, 이 거리라면 괜찮아.

미래의 내가 할 여행을 위해 지금의 내가 확인한다. 나이를 먹으면 이제 아무 데도 못 갈지도 모른다는 쓸쓸한 마음을 쓸어내고 싶은 거겠지. 그래도 걱정 없다. 나에게는 프라하가 있다.

프라하 최고의 인기 명소라면 역시 카를교. 전체 길이 520미터, 폭 약 10미터. 길거리 예술가들로 붐비는 다리 양쪽에는 웅장한 성인彫상이 나란히 30개. 야외 박물관 같았다. 다리 위에서 보는 블타바강은 아무리 봐도 질리지 않았고, 너른 경치에 마음이 탁 트였다.

맥주라면 독일이라는 이미지가 강한데 체코는 필스너 맥주의 발상지다. 국민 한 명당 맥주 소비량은 세계 제일이라나? 체코 맥주를 마실 수 있는 비어홀이 거리 여기저기 있었는데, 어느 브랜드의 생맥주를 파는지 알 수 있게 가게 밖에 간판이 있었다. 이곳 사람들은 브랜드에 따라 가게를 고르나보다.

모처럼 왔으니까 가이드북에서 소개한 '우카리하'라는 노포 비어홀에.

넓은 실내 안에 다양한 언어가 오갔다. 단체용 긴 테이블에 외국에서 온 단체 손님이 비좁게 앉아서 즐기고 있었다. 일본어 메뉴도 있었다. 외국 레스토랑의 일본어 메뉴만큼 든든한 게 없다. 가게에 있는 걸 뭐든 다 고를 수 있어, 먹을 수 있어! 이런 이루 말할 수 없는 기쁨.

좋아, 뭐가 있을까.

메뉴 번역이 단순하고 알기 쉬웠다.

'구운 돼지고기, 찐빵, 양배추.'

'구운 오리고기, 찐빵, 산미 양배추.'

'훈제 돼지고기, 찐빵, 양배추.'

우리는 소고기 굴라쉬(스튜)와 양파 수프, 치즈 프라이를 주문했다. 물론 체코 맥주도. 가장 작은 크기를 시켰는데 나온 것은 일본의 중간 사이즈. 주위를 보니 다들 북처럼 커다란 잔으로 벌컥벌컥 마시고 있었다.

굴라쉬에 같이 나온 찐빵 '크네들리키'. 체코의 전통적인 식사 빵이다. 일본어 메뉴에는 찐빵이라고 적혀 있는데 정확히는 데친 빵이다. 인터넷으로 만드는 법을 알아봤는데, 발효한 빵 반죽을 원기둥 모양으로 만들어 뜨거운 물에 띄워 20~30분 정도 데치면 된다. 찐빵과 비슷한데 좀 더 밀도가 촘촘하다. 폭신폭신하면서 촉촉하다. 돼지고기 굴라쉬가 크네들리키에 잘 스며들어서 리소토처럼 먹을 수도 있다.

이 비어홀에 체코 작가 야로슬라프 하세크가 자주 다녔다는데, 그의 대표작인 『용감한 병사 슈베이크』의 삽화를 요제프 라다가 담당했다. 그래서 라다의 그림이 맥주잔과 코스터에 그려져 있었다. 라다의 일러스트 굿즈도 판매해서 컵과 소서, 티포트 같은 여행지에서 사면 안 되는 무거운 기념품을 샀다. 돌아오는 밤길, 내 가방은 말도 안 되는 무게였다.

이번 여행은 항공권과 호텔만 있는 플랜으로 왔다. 여기까지 왔으니까 현지 투어에도 참가했다.

프라하에서 버스로 약 3시간. 세계유산의 거리 체스키 크룸로프에. 주로 체스키 크룸로프성을 둘러보는 투어다.

체스키 크룸로프성은 참으로 아름다운 중세의 성이었다.

"와, 건축이 정말 정교하다!"

그런데 가까이 가서 보니 외관도 안뜰도 스그라피토 장식, 이른바 '트릭 그림'이었다. 그림에서 튀어나온 것처럼 멋진 성이었다.

현지 투어의 규모는 열 명 정도였고, 일본인은 우리 둘뿐. 여러 나라의 관광객이 참가했다. 점심으로 체코 요리가 딸린 투어여서 같은 테이블을 둘러싸고 화기애애하게 런치 타임

그러나 슬프게도 나만 영어를 못했다. 적당히 맞장구를 치며 웃고 있었는데, 분명 '이 사람, 전혀 알아듣지 못하네'를 모두 알아차렸을 것이다.

내 옆에 앉은 영어 능력자 편집자가 하도 질문 공세를 받길래 나중에 물어보았다.

"무슨 얘기를 했어요?"

"국민건강보험 제도 얘기요."

일본의 의료비는 몇 할 부담인지 물어봤다고 한다. 내 여행용 영어회화 책에 그런 예문은 실려 있지 않을 거다.

4박의 짧은 체코 여행. 편집자와 헤어져 자유시간을 보내는 날에는 카페 탐방을 즐겼다.

우카리하의 양파 수프

수프 컵도 맥주잔도 요세프 라다의 일러스트.

라다의 코스터

체스키 크룸로프성

벽에 그려진 곳을 들여다 보고 싶은 트릭 그림.

헌책방에서 산 체코의 옛날 엽서.

슈퍼의 과자. 패키지가 귀엽다.

블타바강변에 있는 '카페 슬라비아'는 1800년대에 오픈한 노포 카페. 잔뜩 긴장하고 들어갔는데, 동네 사람이 혼자 신문을 보고 있거나 친구와 수다를 떠는 편안한 분위기였다.

창가 자리에 앉았다.

버섯 수프를 주문했다. 여행 일기를 쓰며 여기에서도 또 '나이를 먹어도 이 가게라면 혼자 들어올 수 있겠다' 하고 생각에 잠겼다. 버섯 수프는 진하고 크리미했다. 한 그릇 더 먹고 싶을 정도로 맛있었다.

프라하 거리에는 다양한 건축 양식이 혼재한다. 로마네스크 양식, 고딕 양식, 르네상스 양식, 바로크 양식, 아르누보 양식, 아르데코 양식, 큐비즘 양식. 다양한 양식을 공부하고 싶은 사람에게는 최적의 곳이다. 지금껏 이런 차이를 도무지 복잡해서 몰랐는데 프라하 거리를 걷다 보니 차츰 구별할 수 있었다.

"아, 이건 르네상스 양식이네."

참고로 '카페 슬라비아'는 아르데코 양식의 카페로, 전체적으로 따져서 나는 아르데코가 취향이라는 새로운 발견을 했다. 아르누보처럼 낭창낭창하지 않고 조금 기계적. 그래도 큐비즘처럼 뾰족하지 않다.

그러고 보니 건축가 구로가와 기쇼가 후에 아내가 되는 배우 와카오 아야코에게 "당신은 바로크 같은 사람이야"라는 말로 아름다움을 표현했다지. 화려하고 호기롭고 드라마틱하다는 걸까. 세상에는 그런 사랑의 속삭임이 있구나. 무슨 양식이든 좋으니까 나도 한 번쯤 그런 말을 들어보고 싶다.

프라하 나 홀로 산책.

밤에는 교회에서 열린 콘서트에 갔다. 매일 밤 여기저기 교회에서 열리는 클래식 콘서트는 당일 교회 입구에서 티켓을 사면 되는데, 영화를 보는 정도의 금액이었다. 관객들도 산책 도중에 들어온 듯 편안한 옷차림이었다.

시간이 되자 연주가 시작됐다. 작은 교회에 울리는 현악기의 맑은 멜로디.

아아, 그렇구나. 그런 거구나.

사람은 아름다운 것과 만나기 위해 이 세상에 태어나는 게 틀림없다.

갑자기 벅차오른 눈물을 닦으며 모차르트를 들었다. 2012년 가을 프라하 여행이었다.

15

영국
England

사과와 자두와 런던 식사

학창 시절에 학교 주최로 갔던 유럽여행. 17일간의 일정
으로 이탈리아, 프랑스를 돌아봄 뒤 덧쳐런 밥은 영국 런
던. 딱 3일간 관광했다. 당시 여행 안내서를 펼쳐놓고 회상
에 잠겼다.

　1987년 12월 29일(화)

　파리에서 에어프랑스를 타고 런던으로. 도착하자마자
런던의 주요 명소를 관광버스를 타고 둘러보았다. 템스강
의 타워 브리지가 런던 최대 명소인데, 버스에서 내려 다
급하게 사진을 찍었다. 컸다는 기억만 남았다.

　런던탑에도 간 것 같다. 런던탑이 대체 뭐지. 검색했더
니 중세의 성 같은 외관. 왕실이 살았던 적도 있지만 감옥
으로 쓰인 역사가 훨씬 더 긴데, 여행 중에 쓴 일기에 가이
드가 들려준 런던탑 에피소드를 휘갈겨놓은 게 있었다.

'런던탑에는 날개를 자른 까마귀가 있다. 런던탑에서 까마귀가 사라지면 런던이 멸망한다는 말이 있기 때문이다.'

먼 옛날 찰스 2세(1630~1685)가 점술사에게 런던탑에서 까마귀가 사라지면 나라가 멸망한다는 말을 들은 후로 사육하기 시작했다고 한다. 까마귀는 언제 어느 때나 여섯 마리로 정해져 있고, 지금도 까마귀 사육 담당 '레이븐 마스터'가 관리한다고 한다.

17세기부터 지켜왔다는 이 규칙. 그런데 2020년에 한 마리가 실종되는 바람에 소동이 벌어졌다. 그래도 바로 다른 까마귀를 보충했다고 하는데, 그야 뭐, 있겠지, '만약을 위한 까마귀'가. 나라의 존속이 걸렸으니까.

첫날 일정을 보니 '웨스트민스터 사원'까지 갔었다. 영국 왕실의 대관식이 열리는 장소로 유명하고, 고故 다이애나비의 장례식을 치른 곳이라고 한다. 갔던 기억이 전혀 안 나는데, 실제로 걸어보면 뭔가 생각날지도 모른다.

스마트폰 구글 스트리트 뷰로 현지에 도착했다.

있네, 웨스트민스터 사원.

입구 근처에서 건물을 우러러봤다. 딱딱한 고딕 양식이다.

큼지막한 장미 유리창이 있다. 10대의 나는 분명 안에 들어가서 저 스테인드글라스를 보고 감탄했겠지. 지금은 잘 기억나지 않지만…….

템스강 건너편에서 웨스트민스터 사원을 보고 싶어서 스마트폰 구글 스트리트 뷰로 뿅 건너가 산책했다.

미래에는 이런 일이 가능하단다.

10대의 내가 알면 기절초풍할 거다.

저녁은 자유롭게 먹었다. 같이 다녔던 친구 둘과 같이 어느 레스토랑에 들어갔을까? 여행 일기에 적힌 첫날 저녁을 보고 당황했다.

'사과 2개, 토마토 1개, 케이크.'

설마 이게 저녁? 호텔 방에서 먹었나보다.

12월 30일(수)

2일째는 윈저성을 반나절 관광했고, 근위병 교대식도 봤다. 참고로 영국 근위병이 쓰는 그 높고 까만 모자는 '베

어스킨'이라고 하는데, 이름대로 곰 털로 만든다.

'2일째 저녁, 사과, 자두.'

12월 31일(목) 1년의 마지막 날

런던 마지막 날, 즉 17일간의 유럽여행 마지막 날이다. 이날은 종일 자유시간이어서 친구들과 쇼핑하러 갔었다.

"무슨 일 있으면 피카딜리!"

가이드의 충고였다. 스마트폰 없는 시대이니 길을 잃거나 일행을 놓치면 거리 중심부인 '피카딜리 광장'을 집합장소로 삼으라고 했다. 그래서인지 피카딜리라는 단어를 들으면 지금도 연말 런던이 생각난다.

런던 선물로는 아버지에게 시계. 엄마에게 장갑, 목도리, 팬티스타킹. 여동생에게는 그림책, 신발, 카디건, 포크, 볼펜, 필통이라고 일기에 적혀 있었다. 가족에게 주는 선물이 유난히 많은 것은 해외여행을 보내준 것을 미안하게 여기는 마음이 있어서 그랬을지도 모른다.

그다지 유복한 가정이 아닌 걸 알고 있었다. 그래도 인생에 단 한 번뿐이라도 좋으니까 외국에 가보고 싶었다.

윈저성

이렇게 대규모인데 기억을 못 하다니, 왜지.

성인식 때 예쁜 기모노를 입지 않아도 된다고 졸라서 간 여행이었다.

여행을 떠난 건 유로 통화가 쓰이기 조금 전이었다.

"그러고 보니 유럽은 돈이 같아진대."

"오~, 편리하겠다~."

이런 대략적인 대화를 나눈 게 생각난다.

나는 열여덟 살이었다.

어른의 세계에 들어가기 전에 다른 세계를 보고 싶었다. 그런 마음도 있었을 것이다.

런던에서의 마지막 만찬은 말할 것도 없이 '사과, 과자' 였다. 매일 고릴라의 간식 같은 저녁을 먹은 이유가 뭐지. 거리를 돌아다니느라 바빠서 레스토랑에 들어갈 겨를도 없었나.

여행 일기를 다시 읽어보면 어느 페이지에서나 행복감이 가득하다.

"즐겁다."

"오길 잘했어."

하루를 마무리하며 매일 밤 침대에서 적었겠지. 여행비를 대준 부모님에게 감사하는 마음도 적혀 있었다.

그래, 즐거웠구나. 오길 잘했다고 생각했구나.

열여덟 살의 내가 그렇게 느꼈다면 저녁이 고릴라 간식이든, 버킹엄 궁전(기타 이것저것)의 추억을 까맣게 잊어버렸어도 별로 중요하지 않다.

16

인도네시아
Indonesia

발리섬, 푸투와의 작별

인도네시아 발리섬에서 일주일간 취재하며 머문 시기는 2001년 초여름. 우붓 마을의 일반 가정에서 숙박했다.

　신세를 진 가정집 대문으로 들어가면 녹음 가득한 안뜰이 있다. 이 안뜰을 둘러싸고 아주 아담한 단층집 몇 채가 세워져 있다. 부부의 집, 할머니의 집, 할아버지와 손주들의 집으로, 본래 '방'에 해당하는 것이 '집'으로 독립한 셈이다. 몇 LDK(거실, 식당, 부엌을 통칭하는 개념 – 옮긴이)라고 표현할 수 없는 구조여서 집이 마치 작은 마을 같다. 어느 집이나 다 문을 활짝 열어두었다. 초등학교에 다녀온 아이들이 이쪽 집 저쪽 집을 오가며 노는 게 즐거워 보였다. 안뜰 있는 집을 동경하는 내게는 참 부러운 구조였다. 그 밖에 도우미의 집, 하숙인의 집, 내가 숙박한 게스트하우스가 있고, 안뜰 안쪽에는 가족 전용 사원 공간이 있었다.

　인도네시아는 이슬람교도가 대부분인데, 발리섬 주민은 약 90퍼센트가 발리 힌두교를 믿는다. 신앙심이 두터워 신에게 공양을 올리며 아침을 시작한다. 잎으로 짠 작은 접시에 꽃을 올린 아름다운 공양물 '챠난'. 그걸 가족 사원뿐 아니라 방, 우물, 세탁기 위 등 여기저기에 공양했다. 거리를 걸으면 자동차나 오토바이 안장 위에서도 챠난을 볼 수 있다. 신에게 보내는 감사와 무탈하게 살기를 바라는 기도다. 각 가정에서 보통 직접 만드는데, 시장에서 파는 걸 사기도 한단다.

동 트기 전에 아침 시장을 구경하러 갔다. 골목으로 나가자 판매용 채소나 과자를 담은 커다란 바구니를 머리에 지고 시장으로 가는 사람들. 다들 느긋하게 걷는 모습이 인상적이었다.

우붓 시장은 이른 아침부터 활기가 대단했다. 장사하는 사람들이 속속 나타나 능숙하게 팔 물건을 펼쳤다. 일본처럼 쌀이 주식인 나라여서 찹쌀로 만든 색색의 과자도 있었다.

아침이 밝자 관광객이 우르르 몰려왔다. 발리섬 특산품이라면 아타 바구니. 아타란 인도네시아에 자생하는 양치과 식물. 가느다란 줄기 부분을 정성껏 엮어 만든 바구니는 감촉이 정말 좋다. 디자인도 다양해서 세계 각국의 관광객들이 세계 각국의 언어로 "뭘 사지?" 하고 고민하는 모습을 보는 것도 또 즐겁다. 나도 선물로 몇 개쯤 샀다. 쌓였거나 매달린 대량의 바구니. "이건 어때? 저것도 괜찮지 않아?" 가게 사람이 등 뒤에서 추천하는 소리를 들으며 마음에 드는 걸 골랐다.

커다란 사라사도 한 장 샀다. 나는 산 물건을 바로 쓰고 싶어하는 사람이다. 아타 바구니도 바로 썼다. 당연히 사라사도 그 자리에서 쓰고 싶었다. 옷 어싱들은 사리사를 스커트처럼 두른다. 나도 두르고 싶어요! 가게 언니에게 손짓 발짓으로 부탁하자,

"오, 당신도 두르고 싶어?"

언니가 왠지 기뻐 보였다. 우뚝 선 내게 사라사를 칭칭 감아주었다.

"자, 완성."

천 한 장이 순식간에 긴 스커트로. 시원하고 움직이기 편하고 무엇보다 가볍다. 마음에 들어서 귀국 후에도 여름에는 사라사 스커트로 지냈다.

시장 안에서 간이 카페를 발견했다. 모처럼이니까 커피를 마시며 잠깐 휴식.

발리 커피는 '코피'라고 하는데, 필터 없이 커피 가루에 뜨거운 물을 직접 붓는다. 설탕을 듬뿍 넣어 잘 섞고 가루

달콤한 죽과 '코피'

발리의 달콤한 커피. 코피 가루가
컵 바닥에 침전된 후에 마신다.

가 컵 아래에 가라앉을 즈음 마시면 된다(가라앉은 가루는 남긴다). 조금 까끌까끌했는데 익숙해지면 이 까끌까끌함에 중독된다. 늘 여름인 나라의 달콤한 커피. 어린 시절에 좋아했던 커피 껌이 생각났다. 참고로 발리 홍차는 콜라처럼 병에 든 게 일반적인데 이것 역시 아주 달다.

생각해보니 발리에서 매운 음식을 먹어본 적 없는 것 같다. 고추 소스도 있기 한데 전반저으료 달다는 인상이디. 닭고기를 꼬치에 꽂아 구운 '사테'라는 요리는 일본의 꼬치구이(간장 소스) 같았다.

식사는 숟가락과 포크를 써서 먹는다. 다만 밥과 반찬이 한 접시에 나오는 요리는 다들 손가락을 써서 먹었다. 접시의 쌀을 손끝으로 모아 집고 엄지를 능숙하게 움직여 입에 넣는다. 나도 방법을 배웠지만 아름답게 먹는 게 너무 어려웠다. 손가락으로 먹을 때도 예절이 있다는 걸 알고, 그건 예절에 어긋난다고 생각했던 어리석은 나를 반성하는 계기가 됐다. 젓가락이든 나이프와 포크든 손가락이든 제각각 아름다운 사용법이 있다.

숙박한 집에 푸투와 마디라는 초등학생 아들이 둘 있었다. 아이들이 학교에서 돌아오면, 취재 사이사이 셋이 어울

려 자주 놀았다. 말이 전혀 통하지 않으니까 그저 생글생
글 웃으며 지낸 한때. 소중한 포켓몬 카드를 구경하고, 텔
레비전으로 〈도라에몽〉을 함께 봤다.

도라에몽이 유창한 인도네시아어로 말해서 나도 모르
게 감탄했다.

도라에몽, 너는 대단하구나. 도대체 몇 개 국어를 할 줄
아니? 인도네시아어를 하는 도라에몽도 일본의 도라에몽
과 말투가 비슷해서 재미있었다.

셋이서 텔레비전을 보며, 이 아이들에게 일본의 초등학
생은 어떻게 보일지 생각했다. 란도셀이라는 특정한 모양
의 가방을 메고 학교에 가고, 방과 후에는 토관이 쌓인 공
원에서 노는 일본 아이들.

붙임성 좋은 남동생 마디가 나를 '시즈카'라고 부르기
시작했다. 도라에몽으로 알게 된 일본의 여자아이 시즈카.
아마 말해보고 싶었겠지.

"시즈카! 시즈카!"

늘 나를 부르러 데굴데굴 구르는 것처럼 다가오는데, 형
인 푸투는 수줍음을 타서 말이 없었다. 나도 장녀라 푸투
가 남동생처럼 행동하지 못하는 기분을 이해했다. 주변 어
른들은 순진한 남동생에게 푹 빠지니까 왠지 모르게 쓸쓸

하다. 남동생처럼 애교를 부리고 싶은데 나이를 먹으며 생긴 자의식이 발을 붙잡는다. 그런 심정을 아니까 언제나 남동생과 똑같은 분량만큼 말을 걸려고 유의했다.

열흘 가까이 머물렀을까. 귀국할 날이 왔다. 어머니가 작별 선물로 아름다운 사라사를 선물해줬다. 일본어를 조금 할 줄 아는 아버지가 "여기는 여러분의 발리 집이에요"라고 말했다.

남동생 마디는 늘 그렇듯이 활기찼다. 엄마 뒤에 숨어서 울고 있는 형 푸투.

"안녕. 고마웠어."

취재진과 함께 차에 타 웃으며 건넨 작별 인사. 달리기 시작한 자동차 뒷좌석에서 참았던 눈물을 흘렸다.

어린 형제는 어떤 어른이 됐을까. 긴긴 인생에서 아주 잠깐인 어린 시절. 그들의 귀중한 시간에 잠깐이라도 함께할 수 있었던 것을 세월이 흐른 지금, 감사하고 싶다.

17

브라질
Brazil

여자 셋이서 리우 슈퍼마켓에

동그란 지구의 일본 정반대는 브라질인 듯하다. 어린 시절에 나는 놀이터 모래사장에서 브라질을 한번 엿보려고 시도했다.

있는 힘껏 파자! 그러면 브라질에 갈 수 있어.

해가 질 때까지 친구와 합심해서 팠지만 브라질은 멀었다.

생각해보면 모래사장처럼 상상력을 북돋아주는 놀이터의 놀이기구가 있을까. 테두리 안에 그냥 모래가 있을 뿐이고 미끄럼틀이나 그네처럼 화려하지도 않다. 그런데도 놀이 방식은 무한하다. 파고 쌓고 길이나 집이나 미로를 만든다. 보물을 묻고 찾기도 한다. 브라질까지 가려고 했다. 모래사장에서 최선을 다해 놀던 그 시절의 즐거웠던 감정이 평생에 걸쳐 내가 감지하지 못하는 곳에서 내게 용기를 주는 힘이 되지 않을까.

아무튼 어른인 나는 모래사장이 아니라 비행기로 브라

질에 갔다.

2014년 봄. 나리타 공항을 출발해 미국 댈러스 공항에서 갈아타 리우에 도착하기까지 약 24시간. 댈러스 공항 입국 심사 때 지문채취기로 모든 손가락의 지문을 찍었는데 모든 손가락은 처음이어서 이상한 짓을 안 했는데도 심장이 철렁했다.

'내 모든 정보가……'

환승까지 1시간 정도 자유시간이 있어서 스타벅스에서 잠깐 쉬었다. 주문할 때 종이컵에 손님 이름을 적는 시스템이었는데, 젊은 점원에게 '미리'라고 말하자 "좋은 이름이네요!" 같은 말을 들어 기뻤는데, 나중에 받은 종이컵에 'MIDI'라고 적혀 있었다.

머나먼 남미 브라질 여행. 이러면 꼭 여행의 달인 같은데 이번에도 친숙한 패키지 투어다. 비행기 환승까지 전부 동행한 가이드에게 일임했다.

투어에는 나 이외에 혼자 참가한 여성이 둘 있었다. 외모로 보아 한 명은 60대, 다른 한 명은 당시 나와 비슷한 40대 중반. 각자 인생을 살다가 혼자 브라질에 온 여성들……이라고 생각하자 감회가 깊었다.

도착하자마자 바로 관광이었다. 24시간 동안 왔으니까

17. 브라질

아무도 씻지 않았다. 버스 안에서 꽤 냄새나지 않았을까.

먼저 코르코바도 언덕을 관광했다. 산 위에서 두 팔을 펼친 거대 예수상. 브라질을 상징하는 명소다.

해발 710미터 언덕에 선 예수상의 발밑까지 가려고 로프웨이를 갈아타고, 마지막에는 긴긴 에스컬레이터를 타서 예수상 뒤로 접근했다. 하필이면 날이 흐려서 도착해보니 높이 38미터 예수상은 구름 속에 있었다. 배부터 그 위가 전혀 안 보였다. 수많은 관광객이 구름이 걷히기를 기다렸다.

잠시 후 새하얀 하늘에서 차츰차츰 두 팔을 벌린 예수상이 나타났다. 그야말로 장관이어서 주변에서 함성과 비명이 터졌고, 모두 동시에 카메라를 들었다.

그 후 코파카바나 해변이나 이파네마 해변 등을 버스 창문 너머로 관광하고 저녁 먹기 전까지 자유시간. 혼자 참가한 여성 셋이서 호텔 근처 슈퍼마켓에 가보기로 했다. 관광객의 가방을 노리는 사람이 많으니까 가방 없이 가서 슈퍼 봉지를 대신 쓰라고 가이드가 조언해줬다.

슈퍼는 편의점 정도 크기였다. 진열장에 스낵 과자와 마테차, 초콜릿, 아마존 꽃향기가 나는 고형 비누 등이 빽빽하게 놓여 있었다. 선물로 이것저것 바구니에 담아 계산했

브라질 파출소는
일본에서 힌트를 얻었다!

반으로 가른 파파야에
바닐라 아이스크림을 담은 디저트

풍뎅이처럼 생긴
공중 전화

슈퍼 부엌 용품
코너에서 산 브러시

다. 쇼핑을 마치고, 다시 단단히 긴장하고서 아름다운 코파카바나 해변을 걸어 호텔로 돌아왔다.

패키지 투어에는 아침 점심 저녁 세끼가 전부 포함이었다. 브라질 명물 슈하스코는 정말 재미있었다. 긴 꼬챙이에 꽂힌 구운 고기와 소시지. 점원들이 그걸 들고 자리를 돌아다니며 잘라줘서 마음껏 먹을 수 있다. 브라질의 샐러드 바 메뉴는 보기에도 화려하다. 투투 아 미네이라(채소와 콩찜), 라바타(소꼬리찜), 카우드 데 페이종(콩과 베이컨 찜), 리소토나 파스타, 신선한 망고에 파파야. 사흘 내내 먹어도 전 종류 제패는 어렵겠지.

리우 카니발은 티켓이 있어야 하고, 관객은 엄중한 체크를 받고 회장에 들어간다.

밤부터 아침까지 계속되니까 관객도 자리에 앉아 감상하기보다 종종 매점 코너를 둘러보러 가며 적당히 기분 전환을 했다.

매점 근처를 어슬렁거리는데, 현지 가이드가 말을 걸었다.

"댄서랑 같이 사진 찍어줄게요."

기뻐서 그를 쫓아갔다.

춤을 마친 댄서들이 나오는 곳으로 갔다.

"예쁜 사람이 좋죠?"

가이드가 여러 댄서를 지나쳐 금빛 왕관을 머리에 얹은 여성 댄서에게 말을 걸었고, 둘이 같이 사진을 찍었다.

그런데 내 마음은 따끔따끔. 춤을 마친 댄서들은 남녀노소 모두 반짝여 보였다. 그러니까 '누군가'를 고르지 않아도 됐다. 누구와 사진을 찍든 나는 기뻤을 것이다. 그 자리에서 그렇게 말하지 못해 아쉬웠다.

그 후 이구아수폭포 관광을 마치고 상파울로에서 다시 미국 댈러스 공항으로. 댈러스에 도착한 시각이 아침 8시였다.

댈러스의 명물은 스테이크.

"환승할 때까지 시간도 있고 모처럼 왔으니까 스테이크를 먹죠."

투어 참가자 몇 명과 함께 공항 내 스테이크 하우스로.

괜찮지 않아? 아침부터 스테이크!

넓은 가게를 전세 낸 상황이었다.

나는 추천 메뉴라는 후추를 듬뿍 뿌린 스테이크를 주문했다. 큼지막하지만 두툼하지는 않고, 겉은 바싹 구웠고 육질은 부드러웠다.

"맛있어, 맛있어."

모두 아침 스테이크를 꿀꺽.

도쿄로 가는 비행기 안에서 상파울루 거리에서 본 꽃을 떠올렸다. 만개한 벚꽃처럼 왕성하게 핀 보라색 꽃.

"예뻤지. 향기는 어땠을까?"

버스 창 너머로 봤으니까 향기까지는 모른다. 귀국 후에 알아보니 티보치나라는 브라질 봄꽃이었다.

18

미국
the United States of America

라스베이거스 주의사항

라스베이거스와 그랜드캐니언.

인상 깊은 곳에 갔는데 기억은 흐릿하다. 마치 조각을 잃어버린 직소 퍼즐. 기억하는 장면을 연결해도 절대 한 장의 그림이 되지 않는다.

갔던 때는 2001년. 지인 회사의 사원여행에 돈을 내고 참가한 여행이었다.

라스베이거스에서 머문 호텔 1층에 카지노가 있었는데 규모가 작아서 다들 맞은편 큰 호텔의 카지노에 갔다.

제일 먼저 슬롯머신. 만약 일확천금을 뜻하는 그림이 맞춰지면 자기 슬롯머신에 달라붙으라는 조언을 들었다. 혼란한 틈을 타 머신을 빼앗기도 한단다. 빼앗기는 나를 상상하자 두려워졌다.

'제발 일확천금이 터지지 않기를…….'

간절히 바라며 머신 앞에 앉았다. 걱정할 필요 없이 터지지 않았다.

룰렛도 해봤다. 빈자리에 앉으면 된다고 해서 쭈뼛쭈뼛 앉았다. 1~36까지 빨간색이나 까만색 숫자에 카지노 칩을 건다. 아마도 그런 느낌. 룰렛 위를 구르는 공을 다 같이 빤히 쳐다보는 게 조금 얼간이 같아서 재미있었다. 최종적으로 1만 엔 정도 털린 것 같다. 그게 카지노의 추억이다.

호텔 방에 돌아왔는데 청소가 안 돼 있어서 프런트까지 내려가 새 수건을 달라고 부탁했다. 바로 방까지 가져다주고 사과로 호텔 내 버거숍 무료권을 줬다. 이왕 받았으니까 다음 날 점심에 이용했는데, 일본 햄버거의 세 배 정도 크기였다.

라스베이거스 쇼핑몰에서 운동화를 샀다. 당시 일본에서도 유행한 나이키의 '에어 프레스토'. 사자마자 바로 신었다. 스펀지처럼 폭신폭신한 소재라 걷기 편해서 여행 중에 한 켤레를 더 샀다.

다음으로 간 곳은 그랜드캐니언.

현지 일본어 패키지 투어에 신청해 라스베이거스에서 당일치기 여행. 소형 비행기 창문으로 보는 그랜드캐니언이 그야말로 장관이라는 소리를 들었으나, 조종사의 아크로바틱 비행(서비스) 때문에 멀미하느라 그럴 겨를이 없었다.

도착 후, 그랜드캐니언의 웅장한 경치를 비틀거리며 구경했다.

귀여운 야생 다람쥐가 사방에 있었는데 광견병이 있으니까 물리지 않게 주의하라는 경고에 필요 이상으로 멀찌감치 떨어져서 걸었다.

기념품 가게에서 인형을 샀다. 계산대 직원이 어떤 인형인지 열심히 설명해줬으나 영어니까 못 알아들었다. "땡큐, 땡큐" 하고 가게에서 나와 카페에 가서 차라도 마셨을까? 아무튼 돌아가는 비행기가 걱정이었다. 또 그 아크로바틱 비행이 기다린다.

낭보를 들었다. 공항 매점에서 멀미약을 살 수 있다고 한다. 일본인은 체구가 작으니까 알약을 반으로 잘라서 먹는 게 좋다고 해서 반만 먹고 소형 비행기에 탔다.

"이보쇼, 도착했어요~."

이륙한 줄도 몰랐는데 착륙했다. 약에 수면 효과도 있었나. 이날 나는 의식을 잃는 공포를 처음으로 경험했다.

생각났다. 이때 여행에서 샌프란시스코도 들렀다. 다만 화려한 라스베이거스와 그랜드캐니언 기억이 이렇게 흐릿하니까 샌프란시스코의 기억은 없는 거나 마찬가지다. 노면전차로 언덕을 올라가서 항구에서 클램차우더를 서서

그랜드캐니언

바람이 셌다. 멀미가 심해서
사실은 비틀비틀.

라스베이거스에서 그랜드캐니언까지 소형 비행기로 45분 정도.

먹은 것. 밤에 안개가 껴서 2미터 앞도 보이지 않은 것. 이 두 개 정도 기억한다.

라스베이거스, 그랜드캐니언, 샌프란시스코.

조각조각 여행의 기억. 그래도 나는 분명 여행을 다녀왔다. 그랜드캐니언에서 산 인형은 지금도 작업실 구석에서 이쪽을 보며 웃고 있다. 이번 에세이를 쓰며 알아봤는데, 인형은 미국 남서부 선주민 나바호족 여성이 만들었다고 한다. 세월이 흘러도 화려한 의상이 빛바래지 않았다.

나바호족 인형. 설명서까지 그대로 달렸다.

19

독일
Germany

겨울의 베를린에서 구운 소시지

베를린, 라이프치히, 드레스덴. 주로 구동독 크리스마스 마켓을 둘러보는 패키지 투어에 절친 3인조로 다녀온 때가 2014년 겨울. 크리스마스 마켓은 이름 그대로 크리스마스 시즌에 개최되는 마켓이다. 트리 오너먼트나 양초, 과자, 생활용품, 음식이나 술 노점 등 많은 곳은 200개 점포 이상이 서는 큰 이벤트다. 이 여행 3년 전에 혼자 크리스마스 마켓 투어(프랑크푸르트, 로텐부르크, 뉘른베르크, 슈투트가르트)에 참여했는데 벅찰 정도로 좋았어서 내가 가자고 가자고 졸랐다. 4박 6일의 짧은 플랜. 당시 여행 일정표를 살펴보며 기억의 실을 더듬어 가보기로.

11월 27일(목)

　나리타 공항에서 프랑크푸르트 국제공항으로. 기내에서는 셋이 나란히 사이좋게 앉았다. 제각각 영화 감상 타임.

미국의 마블 스튜디오가 제작한 〈가디언즈 오브 갤럭시〉
가 재미있어서 여행에 대한 기대가 점점 높아지는 나. "지
금 뭐 봐?" "그거 재미있어?" 영화 정보와 간식 교환. 일본
에 개봉 전인 신작을 볼 수 있어서 다 같이 이득 본 기분을
만끽했다.

　프랑크푸르트 국제공항에 도착. 갈아타야 해서 테겔 공
항행 비행기로. 호텔 주변에는 가게가 없으니까 공항 매점
에서 가벼운 먹거리를 사서 저녁밥으로 먹으라고 가이드
가 조언했다. 해외여행을 와서 처음으로 돈을 쓰는 순간은
즐겁다. 아직 익숙하지 않은 돈은 장난감 같다. 공항 빵집
매대에 '인형 빵'이 놓여 있어서 사진을 찍었다. 그림책에
나오는 빵 같았다.

프랑크푸르트로 가며 기내식.

인형 빵.

테겔 공항 도착. 처음 찾은 베를린이다.

입국 심사를 마치고 밖으로 나오자 관광버스가 마중을 왔다. 오늘 밤 묵을 호텔로 가는 도중, 가이드가 내일 일정과 전달 사항을 설명했다. 사이가 좋아도 방은 각각 따로따로. 여행하는 동안 혼자 편하게 지내는 시간은 소중하다. 각자 방에서 휴식하고 한 방에 모여 공항에서 산 주전부리를 텔레비전을 보며 먹었다. "가이드, 되게 좋은 사람이지!" 셋의 의견이 일치했다. "호텔 어메니티, 멋지더라!" 이것도 의견이 일치했다.

11월 28일(금)

가이드 인솔을 따라 브란덴브루크문으로. 높이 26미터.

멋진 어메니티.

베를린 조식.

폭 66.5미터. 문 위에 네 마리의 말이 끄는 마차와 여신. 냉전 시대에는 베를린 장벽에 막혀서 통행하지 못했지만 붕괴 후에 다시 지나갈 수 있게 됐다고 한다. 가이드의 설명을 각자 배포받은 이어폰 가이드로 들었다.

걸어가는데 가이드가 다급하게 말했다.

"마이클 잭슨이 묵은 호텔이에요."

그렇다면야 사진을 찍는 나였다.

관광버스를 타고 베를린 장벽에.

"이제 곧 보일 거예요."

가이드가 말했지만 관광버스 창문으로 보이는 풍경은 그저 평범한 거리. 도로가 있고 맨션이나 빌딩이 있었다. 거기에 갑자기 나타난 베를린 장벽. 1킬로미터 이상 이어

브란덴브루크문.

마이클 잭슨이 묵은 아들론 호텔.

진 벽에 스트리트 아트가 빈틈없이 그려져 있었고, 관광객은 그 앞에 서서 기념사진을 찍었다.

베를린의 크리스마스 마켓에 갔다. 도착하자마자 노점의 독일 소시지부터. 둘러보니 나와 마찬가지로 노점의 구운 소시지를 맛있게 먹는 사람이 많았다. 이제 여기에는 벽이 없다. 셋이서 노점 요리를 먹으며 기념품을 구경했다. "즐거워!" 모두 그렇게 말해서 안도했다.

이어서 버스를 타고 라이프치히. 버스에서 내려 가이드를 따라 걷는데 "저게 바흐 동상이에요"라고 했다. 바흐는 인생 대부분을 라이프치히에서 보냈고 여기에서 잠들었다고 한다. 바흐 동상을 집합 장소로 지정하고 일동 해산. 라이프치

베를린의 크리스마스 마켓에서 산 소시지.

라이프치히에서 본 장식품.

베를린 장벽

스트리트 아트가 그려졌다.

차가운 하늘 아래,
맛있는 냄새에 이끌려서.

라이프치히의 크리스마스 마켓.

히 크리스마스 마켓에서 1시간쯤 자유시간을 보냈다.

날도 저물어 크리스마스 마켓 불빛이 켜지기 시작했다. 노점을 둘러보자 금세 시간이 지났다. "바흐, 바흐" 하고 중얼거리며 집합 장소로 돌아갔다.

라이프치히는 인쇄와 출판의 거리로 유명한데, 바흐 동상 바로 옆에도 멋진 서점이 있었다.

그 후 1시간 30분 걸려 레스토랑에. 저녁을 먹은 레스토랑 건너편에도 작은 크리스마스 마켓이 섰는데, 동네 사람들이 훌쩍 들르는 모습을 볼 수 있어서 왠지 기뻤다.

11월 29일(토)

호텔에서 걸어서 드레스덴을 관광하러. 먼저 츠빙거 궁전의 회화관. 가이드를 쫓아 유명한 그림만 척척 감상했다. 라파엘로의 「시스티나 성모」에 그려진 천사들. '아, 이거 알아' 하고 사람들이 생각하는 그림이다. 내 감상도 '아, 이거 알아'였다. 그 후 오페라 극장인 젬퍼 오페라, 프라우엔 교회 등을 둘러보고 레지덴성 외벽에 그려진 '군주들의 행렬'을 감상했다. 마이센 도자기 타일 2만 5,000장에 묘사

한 긴~긴 작품이다.

뉘른베르크, 슈투트가르트와 함께 독일 3대 크리스마스 마켓으로 꼽히는 드레스덴의 크리스마스 마켓. 규모도 크고 노점의 장식도 화려했다. 밤에 전구 불을 켠 모습을 보지 못해 아쉬웠지만 소시지를 먹고 향신료 들어간 글루바인을 마시고, 수제 바움쿠헨을 사며 마음껏 즐겼다.

패키지 투어는 참가자 구성에 좌우되는 면이 많은데, 이 투어는 60대로 보이는 여성 그룹이 분위기를 이끌어서 참 밝았다. 그들은 모두 술이 세서 점심을 먹으러 레스토랑에 들어가면 모두 맥주 대자를 마셨다. 참고로 대자는 화장실 휴지 두 개를 겹친 정도로 커다랬다.

"잔이 무거워!"

드레스덴에서 조식.

군주들의 행렬.

웃으며 호쾌하게 마셨다.

괴로운 일이나 슬픈 일을 경험하지 않는 사람은 없다. 그들도 많은 일을 겪었을 것이다. 그래도 오늘 이 순간은 커다란 잔을 한손에 들고 웃는다. 나도 앞으로 많은 일을 겪을 테지만 분명 어떻게든 극복할 수 있겠지. 그런 생각을 하게 해주는 밝은 분들이었다.

드레스덴의 크리스마스 마켓.

20

태국
Thailand

볼링장에서 우물우물 태국 요리

태국 방콕에서 볼링을 쳤다.

업무 취재로 신세를 졌던 숙소 스태프와 어울려 야밤에 볼링장에 갔다. 볼링장에 들어갔더니 왠지 구수한 냄새가 났다. 아니, 볼링을 하며 식사를 할 수 있지 뭔가. 자기 차례를 기다리는 곳에 커다란 테이블이 있고, 둘러싸듯이 의자가 놓여 있었다. 모두 주문한 요리를 먹으며 볼링을 즐겼다. 요리도 간단한 안주 같은 게 아니라 굽고 튀긴 본격 태국 요리였다.

연신 맛있다고 하며 먹고는.

"아, 다음에 저요."

입을 우물우물하며 볼링.

나는 지금 살아서 여기에 있어~.

이런 감정이 북받쳤다. 내 몸의 내면과 외면이 전부 즐거워했다.

태국에서는 맥주에 얼음을 넣어 마시는 게 일반적이라

는데, 술이 세지 않은 나도 알콜이 연해져서 좋았다.

방콕에 머무르며 다양한 태국 요리를 먹었다.

'텃만쁠라'는 일본식으로 말하면 어묵튀김. 육두구와 커민 등 각종 향신료를 생선 살과 반죽한 튀김이다.

투구게도 먹었다. '살아 있는 화석'이라고 불리는 그 투구게다.

헉, 그거 먹을 수 있구나.

요리가 나올 때까지 안절부절못했다.

한 장소에 계속 사는 한 우리는 동네 슈퍼에 진열된 것만 먹으며 일생을 마친다. '먹을 수 있는 것'에 변화가 없다.

서점에서 『사실은 먹을 수 있는 생물 사전』이라는 책을 사서 봤더니 '헉, 이거 먹을 수 있구나!'라는 것들이 잔뜩 있었다. 예를 들어 까마귀, 공작, 낙타. 영국에는 지비에 요리라고 하는 다람쥐 파이가 있고 팔라우에서는 박쥐를 통째로 쪄서 먹는다고 한다. 반대로 일본과 몇몇 나라 이외에는 잘 먹지 않는 음식으로 문어, 해삼, 복어, 성게 등을 소개했다. 내가 보기에는 '헉, 이걸 못 먹어?' 싶다. 그러고 보니 인도네시아 발리섬에 여행 갔을 때, 주민들에게 일본에서 가져온 김으로 김밥을 만들어서 대접했더니 모두 기겁했다. 색이 까만 음식은 드물다고 했다.

다시 본론으로 돌아와 투구게. 뒤집어서 등껍질을 접시 삼아 나왔다. 구운 거였나 찐 거였나. 조리법은 잊었는데 촘촘하게 든 알을 먹는다고 했고, 맛은 상당히 독특했다. 약간 씁쓸했다. 맛보는 정도로만 건드리고 말았다.

"이제 됐어요? 안 먹으면 내가 다 먹을게요."

현지인 여성 스태프가 맛있게 먹었다. 웃는 얼굴이 귀여워서 나까지 덩달아 웃음꽃이 피었다.

인생 최초로 태국 요리를 먹은 게 언제더라.

도쿄에 상경해서 친구들과 하라주쿠 태국 요릿집에 갔던 기억이 있다. 똠양꿍에 들어간 고추를 파프리카인 줄 알고 먹은 나는 도중에 화장실에서 계속 입을 헹구었다.

태국의 3대 사원 중 하나인 '왓 아룬'에도 갔(었나보)다. 높이 80미터나 되는 거대한 불탑 앞에서 웃고 있는 사진 속의 나. 기억이 어렴풋하다.

황금 열반상은 기억한다. 태국 전통 마사지 총본산이기도 한 '왓 포' 사원. 통칭 열반 사원. 이름대로 거대한 금빛 불상이 누워 있었다. 열반상이란, 가르침을 마치려고 하는 혹은 설법을 마친 모습이라고 한다. 왓 포의 열반상은 전체 길이 46미터. 다들 사진 찍느라 고생했다. 열반상은 참

투구게

살아있는 화석이 접시 위에.

알을 먹어보니 쓴맛이 난다.

태국 노점

귀여운 법랑 냄비.
선물로 갖고 싶다.

매일
지치지도 않고
덥네.

온화한 표정이었다.

태국. 더운 나라다.

"현지인은 바로 근처도 차를 타고 나가요."

현지 코디네이터의 말. 하기야 가끔 여름이라면 참을 수 있지만 연중 더우니까 참는 건 금물이다. 그러면서 그는 긴소매 차림으로 나타났다. 긴소매가 젊은이들 사이에서는 멋인가보다.

"멋진데요?"

칭찬하자 수줍게 웃었으나 이마에서는 땀이 뻘뻘 났다. 멋을 위해 무리하는 것도 젊음의 증거다.

코디네이터가 이런 말을 해줬다.

"태국 사람은 갖고 싶은 게 있으면 돈이 없어도 빚을 내서 사요. 자동차나 오토바이 같은 거요. 일단 먼저 손에 넣고 돈을 갚는 거죠."

갚을 수 없으면 처분하면 된다, 뭐 그런 건가?

그 말을 들었을 때, 그것도 괜찮겠다 싶어 왠지 모르게 감동했다.

어린 시절의 나는 세뱃돈을 받으면 쓰지 않는 아이였다. 장난감이나 인형을 사는 여동생을 보며 '돈이 줄어들잖아' 하고 차가운 눈으로 바라보았다. 그러면서 여동생이 산 걸

부러워했다.

지금은 세뱃돈쯤 마음껏 쓸걸 그랬다고 생각한다. 쉰이 넘으니까 갖고 싶은 것도 적어졌다. 멋진 옷을 봐도 '이걸 입고 내가 어딜 갈 건데?' 하고 생각하게 된다.

아니 하지만 한 번뿐인 인생이잖아. 멋진 옷을 입고 동네를 산책해도 좋다.

태국을 방문했던 시기는 2001년. 태국 사람들의 대범한 금전 감각에 다시금 감화되는 내가 있다.

21

덴마크
Denmark

코펜하겐에서 나 홀로 생일 파티

노르웨이 트롬쇠 공항에서 트롬헤임 공항으로 가는 작은 비행기가 도중에 보되 공항에 착륙했다. 몇 명인가 승객이 내리고 또 몇 명인가 탔다.

　나는 내 자리에서 그 모습을 지켜보았다.

　이 마을에서 태어나고 자랐다면 나는 이 보되 공항에서 여행을 떠나겠지.

　사람은 한 명분의 인생만 살 수 있다. 나는 오로지 나로만 살 수 있다. 정말 단 한 번뿐. 보되에서 다시 태어나고 자라는 것은 절대 불가능하다. 알고 있는데도 왠지 보되에서 이 비행기를 타는 내 모습을 상상하게 된다.

　트롬헤임 공항에서 출발해 코펜하겐 공항까지 약 2시간. 오로라 관광 패키지 투어 일행은 바다를 넘어 덴마크로 들어갔다. 체류는 딱 하루. 덴마크에서는 오로라 관광이 없고 다음 날 코펜하겐 시내를 반나절 관광하고 귀국한다.

　호텔 체크인을 마치면 종일 자유시간. 일본에서 동행한

가이드가 친절하게 말했다.

"번화가까지 같이 걸어가고 싶은 분은 안내할 테니 30분 후 로비에 모이세요. 번화가까지 산책하죠."

나는 혼자 참가했으니까 망설이지 않고 안내받기로 했다. 시간에 맞춰 로비에 갔더니 투어 참가자가 모두 있었다.

지금은 일본 도로도 자전거 전용 도로가 구분되어 있는데, 그때 나는 코펜하겐에서 처음 보고 '정말 편리하다!' 하고 놀랐다.

"자전거 도로에 들어갔다가 부딪치면 보행자 잘못이니까 조심하세요."

가이드의 조언. 자칫 들어가지 않도록 주의했다.

번화가까지 안내받고 제각각 흩어졌다. 오후 3시가 넘은 시각이었던가. 번화한 거리를 혼자 걸었다.

가고 싶은 가게가 있었다. 덴마크 발상인 슈퍼마켓 '이야마'다. 이야마라는 이름의 소녀 캐릭터의 그림이 그려진 오리지널 상품이 많다고 한다.

1886년 창업한 '이야마'는 말하자면 마트 같은 고급 슈퍼마켓. 점내는 널찍하고 상품 디스플레이도 세련됐다. 쇼핑 장바구니를 손에 들자 아드레날린이 솟구쳤다.

해외 슈퍼마켓, 너무 좋아!

이야마 초콜릿, 이야마 홍차, 이야마 에코백.

이것저것 바구니에 넣는데 나이 지긋한 여성이 말을 걸었다. "일본에 간 적 있어요"라고 말하는 것 같았다. 말은 통하지 않았지만 웃으며 헤어졌다.

쇼핑 다음에는 카페에 들어갔다. 모처럼 왔으니까 연어 '스뫼레브뢰'를 주문했다. 얇게 자른 빵 위에 재료를 얹는 오픈 샌드위치 '스뫼레브뢰'. 청어 절임과 삶은 달걀, 치즈나 햄 등 종류가 다양하다. 덴마크 명물이라고 가이드북에 실렸다. 일본어 발음으로는 스모브로였는데 현지 가이드는 '스뫼브' 비슷하게 발음했다. 참고로 덴마크어 스뫼레는 버터, 브뢰는 빵이다.

이날은 마침 내 생일이었다. 창가 자리에 앉아 스뫼레브뢰를 먹으며 지나가는 사람들을 바라보았다.

내가 태어난 겨울 아침. 아버지와 엄마는 상상도 못 했겠지. 눈앞의 그 자그마한 갓난아기가 머나먼 코펜하겐 거리에서 마흔두 살 생일을 맞이할 줄은.

"건강하게 잘 지낸답니다."

젊은 부모님에게 이 말을 전하러 가고 싶은 코펜하겐의 밤이었다.

슈퍼마켓 이야마

널찍한 점내. 선물 물색에 최고.

1886년 창업. 덴마크에서 가장 오래된 슈퍼마켓.

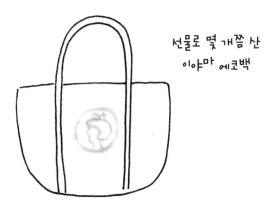

선물로 몇 개쯤 산
이야마 에코백

다음 날은 관광버스로 시내 관광.

우선 인어공주 동상이다. 덴마크를 대표하는 작가 안데르센의 동화 『인어공주』. 조각가 에드바르 에릭센이 만들어 1913년부터 코펜하겐 항구에 공개했다.

안데르센의 『인어공주』. 어떤 결말이든 가능했을 텐데 작가는 왜 인어공주를 바다 물거품으로 만들었을까. 왜 왕자와 이어져서 오래오래 행복하게 살았습니다가 아니었을까. 어린 시절 내 머릿속에는 '왜? 어째서?'가 가득했다.

인어공주 동상은 해안에서 수 미터 떨어진 바다 바위에 앉아 있었다. 내가 봤을 때는 바다 위에 있었는데 썰물 때는 동상까지 걸어갈 수 있다고 한다. 인어공주 동상은 수많은 관광객의 카메라 세례를 받으며 무료한 듯 보였다. 이야기 속의 인어공주를 아니까 애틋해졌다. 여기 있는 건 목숨 바쳐 사랑한 여자애다.

그 후, 아말리엔보르 궁전의 위병 교대식을 구경하고 컬러플한 건물이 가득한 뉴하운 지구를 둘러보았다.

"덴마크는 부패가 적은 나라 세계 1위예요."

현지 가이드가 버스에서 알려주었다. "오오~." 모두 감탄했다. 나는 그런 순위가 있는 줄도 몰랐으니까 남들 모르게 그 사실에도 감탄했다.

스뫼레브뢰

양 넉넉한 오픈 샌드위치.

코펜하겐 번화가

레스토랑, 카페, 상점이
이어지는 보행자 전용 도로.

참고로 이 여행은 2011년. 10년 후인 2021년에 발표된 부패인식지수 나라별 순위(가이드가 말한 부패가 적은 나라 순위) 1위는 여전히 덴마크였다. 이어서 뉴질랜드, 핀란드이고 일본은 179개국 중 19위라는 결과였다.

아주 짧았던 덴마크 여행. 한 번 더 간다면 제일 먼저 '이야마'에 가고 싶다.

22

핀란드
Finland

헬싱키, 귀여운 인사말 "모이"

가장 많이 여행한 나라는 핀란드다.

수도 헬싱키에는 귀여운 트램이 달리고 항구에는 매일 시장이 서고 사람들은 친절하고 밝다. 화려한 불빛이 반짝이는 크리스마스 시즌도 좋았지만 그래도 나는 상쾌한 여름이 좋다.

여름은 백야가 이어진다. 11시 정도까지는 여유롭게 밝다. 심야 12시를 지나도 어두워지지는 않고 계속 황혼 무렵 같다. 이 계절이면 헬싱키 중심부에 있는 에스플라나디 공원에는 밤 8시 넘어서부터 피크닉을 시작하는 사람들이 하나둘 나타난다. 다들 시트를 깔고 잔디 위에서 뒹굴뒹굴하며 태양 아래에서 수다를 즐긴다.

딱 일주일이라도 좋다. 일본에도 백야가 있으면 좋겠다고 생각했다.

특별히 무언가를 하고 싶은 건 아니다. '오늘이 넘치도록 이어지네~'라고 생각하며 지내기만 해도 즐거울 것 같다.

그러나 핀란드 사람에게는 여름 내내 백야.

밤이 오면 커튼을 쳐서 제대로 밤 분위기를 연출하고 살겠지.

여행자인 나는 호텔 커튼을 치는 게 아쉬워서 자기 직전까지 젖혀두었다.

한밤중에 호텔 창문에서 백야 거리를 내려다보는데 때때로 사람이 지나갔다. 다들 잠든 시간이니까 아무도 내가 보고 있는 걸 알아차리지 못한다.

왠지 문득 울고 싶어졌다. 인간은 백야처럼 살 수 없다. 저 사람도 또 나도. 우리는 언젠가 반드시 죽는다. 영원히 밤이 오지 않는 사람은 단 한 명도 없다.

핀란드 통화는 유로다. 팁은 필요 없고, 카페에서 커피를 한 잔 마셔도 결제는 카드를 이용하는 게 일반적이다. 이곳에서 살면 현금은 거의 안 쓰지 않을까?

영어 교육이 잘돼서 가게 점원들 모두 관광객에게는 유창한 영어로 말한다. 핀란드 사람끼리 인사는 물론 핀란드어로 한다. 그게 정말이지 사랑스럽다.

예를 들어 서점 계산대에 핀란드인 손님이 온다. 점원은 "모이"라고 말한다. 손님도 "모이"다. 여어, 혹은 잘 지내

헬싱키 거리

한밤중 호텔에서 밖을 내다보았다.

올드 마켓에서 산
피스타치오 간식.

마리메코 패션을
길에서 자주 봤다!

요? 같은 가벼운 인사가 '모이'다. '모~이'나 '모이모이'라고 말하는 사람도 있다. 누군가의 사랑스러운 '모이'를 듣고 싶어서 계산대 근처를 지날 때면 늘 귀를 쫑긋 세운다.

항구 근처 올드 마켓은 헬싱키 관광명소 중 하나다. 고기와 생선, 과자나 빵을 파는 가게가 즐비해서 현지인과 관광객으로 늘 붐빈다. 인기 만점 수프 가게는 점심시간이면 늘 긴 줄이 생긴다. 테이블의 빵은 자유롭게 먹을 수 있어서 수프만으로도 든든한 끼니가 된다.

헬싱키는 미술관과 박물관이 많아서 무민 작가 토베 얀손의 커다란 프레스코화를 볼 수 있는 헬싱키 시립미술관을 비롯해 국립 현대미술관 키아즈마, 아테네움 미술관, 핀란드 디자인 역사를 알 수 있는 디자인 박물관 등을 전부 도보로 돌아볼 수 있다.

산책 도중에 자주 이용한 카페는 에스플라나디 거리에 있는 '카페 에스플라나드'. 핀란드 사람은 혼자 커피 마시는 걸 좋아하나보다. 커피 소비량이 세계 1위라고 한다. 친구와 마시거나 혼자 마시거나. 하루에 몇 번이나 카페를 이용할지도 모른다.

카페 에스플라나드 매대에는 매일 달콤한 케이크와 고

카페 계산대 주변.
앙증맞은 과자들.

여름의 핀란드. 베리 주스.
파란 빨대가 국기를 연상시킨다.

슈퍼에서 산 수프와 초콜릿. 귀여워서 황홀하다.

소한 냄새를 풍기는 빵이 가득가득 진열된다. 인기 있는 시나몬 롤은 한 끼 건너뛰어야 할 정도로 큼지막하다. 카페 안에는 사이좋은 연인이나 컴퓨터로 일하는 사람들이 있었다.

'지구의 긴 역사를 생각하면 같은 시대에 산다는 점에서 다들 지인이나 마찬가지네.'

이 카페에 있으면 신기하게도 그런 기분이 든다. 이 카페는 밤 9시까지 열어서 여행 일기를 쓰기에도 아주 적합한 곳이었다.

마지막으로 핀란드를 혼자 여행했던 시기는 2019년 12월. 헬싱키의 크리스마스 마켓에서 털모자를 샀을 때, 노점 직원이 "재패니즈?"라고 물었다. "예스, 예스." 나의 어설픈 영어로 잠깐 수다를 떨었다.

"내년에 일본에 가요. 후지산에 오를 거예요."

직원은 여행을 굉장히 기대하는 티가 났다.

그러나 해가 바뀌고 전 세계를 신종코로나바이러스가 휩쓸었다.

직원은 일본 여행의 꿈을 이루지 못했겠지.

언젠가 그 사람이 후지산에 오르면 좋겠다.

만약 도쿄 거리에서 만나면 "모~이!" 하고 말을 걸고
싶다.

핀란드의 포르보라는
마을에서 산 작은 모루 인형.

23

에스토니아
Estonia

탈린에서 핫초콜릿을

핀란드에서 배를 타고 에스토니아의 수도 탈린에.

　편도 약 2시간. 대형 여객선으로 바다를 나아가며 머릿
속으로는 세계지도를 펼쳤다.

　이제 곧 도착하는 에스토니아 앞에는 라트비아. 그 너머
에는 리투아니아, 벨라루스, 폴란드 등이 있다.

　핀란드에서 에스토니아로 건너갈 때는 장난감 배를 그
림책 위에 미끄러뜨리는 것처럼 현실감이 없었다. 배는 백
화점 몇 채를 합체한 것처럼 거대했다. 승객은 약 3천 명.
레스토랑에 햄버거 가게, 면세점 등이 있고 무료 콘서트도
열렸다. 선내 분위기를 비유하자면 대형 카페 같았다. 지정
석은 따로 없고 편하게 앉으면 된다. 테이블 자리도 있고
소파 자리도 있다. 카운터 자리에 앉아 노트북을 들여다보
는 사람들도 있었다. 창가 자리는 금방 꽉 찼는데, 다들 가
벼운 식사와 맥주를 즐기며 짧은 여행을 즐겼다.

　배에서 내려 탈린 구시가지까지는 도보로 15분 정도. 구

시가지는 세계유산에 등록된 곳으로, 삼각형 지붕 탑이나 파스텔 컬러의 집 등등 사진 찍기 좋은 아기자기한 곳이 많았다. 성벽을 이용해 기념품 가게가 쭉 늘어선 일각은 '스웨터의 벽'이라고 불리는데, 스웨터는 물론이고 장갑이나 목도리 같은 뜨개 제품을 팔고 있었다. 정성 가득 담긴 뜨개 장갑은 선물용으로도 좋았다.

'마이아스목'이라는 카페에서 잠깐 쉬었다. 1864년에 문을 연 오래된 카페로, 쇼케이스에 놓인 케이크가 어쩜 그렇게 귀엽던지! 수제 마지팬 세공으로 유명한 곳이어서 제과 장인이 그림을 그리는 모습을 볼 수 있다.

고양이, 다람쥐, 생쥐, 작은 새.

표정 풍부한 귀여운 마지팬.

사봤자 여행 가방 안에서 산산조각 부서질 것이 눈에 훤했다. 내게 주는 선물로 초콜릿을 사고 마지팬을 사진 찍어도 되는지 물었다. 얼마든지요,라는 말을 듣고 몇 장이나 촬영했다. 일본에 돌아와서 사진을 참고하면서 지점토로 재현해보려고 했는데, 그렇게 귀엽게는 만들지 못했다.

카페에서 나와 돌 깔린 길을 마음 내키는 대로 산책했다. 일단 구시가지의 성벽 안에 들어가면 지도를 보지 않고 대충대충 걸어도 길을 잃을 염려가 없다. 빙글빙글 돌면 자연스럽게 라에코야 광장에 도착한다.

거리의 중심인 라에코야 광장.

주변에 레스토랑과 기념품 가게가 잔뜩 늘어섰고, 겨울에는 크리스마스 마켓도 선다. 라에코야 광장의 크리스마스 마켓은 유럽에서 가장 역사 깊다고 하는데, 크리스마스 시즌에 왔을 때는 한 손에 뜨거운 와인을 들고 마켓을 구경하는 사람들로 제법 붐볐다.

산책하면서 건물과 건물 사이의 자그마한 공용 안뜰과 몇 번이나 마주쳤다.

안뜰이 좋다. 작은 공간이 안심된다.

우리 집에 안뜰이 있다면 거기에서 뭘 할까?

아무것도 안 해도 그냥 '거기 있'는 사실이 기쁠 것이다. 그러고 보니 어렸을 때, 장롱과 벽 틈에 들어가는 걸 좋아했었지.

에스토니아의 특산품인 마 제품. 내게 주는 선물로 산 마 테이블 크로스는 발색이 좋고 정말 아름답다. 있는 걸로 대충 저녁을 먹을 때도 몇 배나 호화로워 보이게 해준다. 집에서 마 크로스를 펼칠 때마다 탈린 거리가 그리워진다.

카페 마이아스목

노포 카페. 고풍스러운 인테리어.
케이크와 초콜릿은 안에서도 먹을 수 있다.

소박하고 귀엽다. 이런
장식품이 있으면 좋겠다!

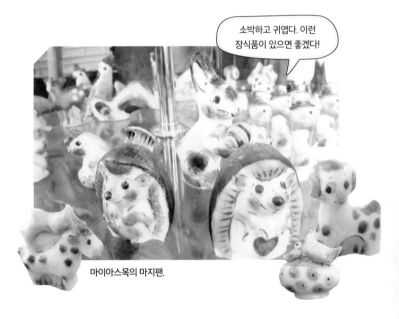

마이아스목의 마지팬.

탈린 거리

컬러풀한 집들. 다음 모퉁이를 돌면 어떻지 기대되는 골목.

마 크로스. 참 고와서 쓸 때마다 기분이 밝아진다.

여행을 마치며

처음 간 해외여행.
당시 여행 일기에 이런 글이 적혀 있었다.

그날그날 일만 생각하며 지내는 게 참 좋다. 아르바이트나
학교를 전혀 생각하지 않아도 된다. 오늘 하루를 어떻게
즐겁게 보내면 좋을지만 생각하면 된다.
크리스마스이브. 열여덟 살, 피렌체에서.

이탈리아에 다녀온 건 이때 딱 한 번뿐이다. 가능하다면
언젠가 다시 방문해서 '오늘 하루를 어떻게 보내면 즐거울
지'만 생각하면 되는 여행을 또 하고 싶다.

2022년 도쿄에서
마스다 미리

세계 방방곡곡 여행 일기

초판 1쇄 2023년 3월 10일
    3쇄 2024년 8월 12일

지은이 마스다 미리
옮긴이 이소담
펴낸이 이나영
펴낸곳 북포레스트
출판등록 제406-2018-000143호
전화 031) 941-1333 | 팩스 031) 941-1335
메일 bookforest_@naver.com
인스타그램 @_bookforest_
ISBN 979-11-92025-12-4 03830

TIME TRAVEL SEKAI ACHIKOCHI TABI NIKKI
ⓒ Miri MASUDA 2022
Korean translation copyright ⓒ 2023 by bookforest
First published in Japan by Mainichi Shimbun Publishing Inc.
Korean translation rights arranged with Mainichi Shimbun Publishing Inc.
through Imprima Korea Agency.